漫時光 *001*

你好，鸚鵡夫君

酒小七　著

高寶書版集團

目錄
CONTENTS

第一章　鸚鵡精

沈嘉嘉正打算準備午飯時，接到伯公家來人報喪，說她的伯公——也就是她爹爹的伯父，今早吃紅棗糯米糕被一顆棗核噎住，人就這樣沒了。

沈嘉嘉也顧不得做飯了，送走來人後，留下一張字條給她爹，接著便鎖了家門，打算去找她娘親。

她爹是公門的捕快，若無特殊情況，一日三餐都是在家裡吃。她娘則是周侍郎府的廚娘，一手廚藝頗得主人家賞識，早上出門去周府，過了晚飯才能回家。

沈家距離周府的後門不過百十步，走路片刻便到。今日天氣好，天空碧藍如洗，一絲雲彩都沒有。路上有三、兩個小童放風箏，見到沈嘉嘉，笑嘻嘻道：「三娘，妳要不要玩？」沈嘉嘉在族中排行行三。

沈嘉嘉搖手笑道：「我今日有事，改日再玩。」

周府看門的小廝認識沈嘉嘉，問明緣由後便放行，由一人引著她去廚房。廚房裡有四個廚娘正在忙活，白氣蒸騰，彷彿在霧間穿行，另有兩個小丫頭在燒火。沈嘉嘉她娘正在做蒸糕，見到沈嘉嘉，手上的活計不停，一邊問道：「妳怎麼來了？可是家裡有事？」

沈嘉嘉見她娘頭上冒了汗，便掏出手絹幫她擦了擦，剛要開口，忽然聽到外頭有人高喊：「有沒有人？快把這東西接了！」

話音剛落，那人便走了進來，沈嘉嘉看了一眼，見是個十六、七歲的小廝，衣著簇新齊整，手裡倒提著一隻鳥。

一個廚娘笑道：「你老人家怎麼有空來這裡？我昨日聽人說了，小郎君今日要出門打馬球，你怎麼不在跟前伺候？」

「唉，別提了，本來是在打馬球，可是謝公子不慎落了馬，現在生死未卜，指不定有多少人要受牽連呢——」

「哪個謝公子？」

「還能有哪個？就是，信陽長公主的親兒子，官家的親外甥，謝乘風謝公子！」那小廝見眼前諸位包括燒火小丫頭都豎起耳朵聽故事，他搖了下頭，說道，「我現在沒時間跟妳們說這些，趕緊把這鳥燉了啊，行了，我還得去送藥呢！小郎君讓人挑了好大一根人參，說是這人參長了得有幾百年呢……」一邊說著，一邊看眾人張大嘴一副沒見過世面的樣子，他有些滿意，呵呵一笑道，「自然，長公主府不缺這點子東西，不過是咱們小郎君的一片心意。」

小廝把手裡的鳥往案板上一丟，「燉完送到小郎君面前，小郎君親自交代的，可別忘了。」說完轉身便走。

廚娘對著他的背影問道：「這是何鳥？」

「從藩商那裡買的，說是能吐人言，教了三個月也不會說話，今日小郎君回來本就心情不愉，牠一泡屎拉在小郎君的手上，便這樣觸了霉頭。」

小廝走後，幾位廚娘圍著那鳥看，沈嘉嘉很好奇，也湊在一旁。

只見這鳥通體雪白，臉頰兩畔有兩塊紅斑，配上圓嘟嘟的鳥臉，頗覺可愛；鳥喙短而厚，向下呈鉤狀；鳥頭一撮毛，向後彎曲著朝上。

幾個廚娘嘀嘀咕咕地討論，這是什麼鳥，看著像鸚鵡，又不太像。

沈嘉嘉認為，這應該就是一種鸚鵡，只是是大家沒見過的模樣。她輕輕撥了一下那鳥的翅膀，觸手溫熱，怕是還活著。

她摸著下巴，喃喃道：「這鳥……」

「三娘，妳有何高見？」

「這鳥，我好像在佛經冊子上見過。」

「啊？」

「嗯，妳們摸摸看，牠還活著……誰來把牠殺掉？」

幾個廚娘連連倒退，燒火丫頭也遠遠躲開。

俗話說，寧可信其有，不可信其無，既是佛經上的，那必定是大有來歷，世人哪怕不信佛，也會對這些東西敬而遠之。

「我說句不親厚的話，朱二娘，妳平時得的賞錢最多，這事該由妳來。」這話立刻得到另外兩個人的贊同。

朱二娘就是沈嘉嘉她娘。

朱二娘性情敦厚，不善言辭，這會兒亦覺得她們說的不無道理，於是硬著頭皮點了點頭。

沈嘉嘉挺身而出：「算了，我來吧。娘，我知道妳要說什麼，殺牠是孽，可是眼睜睜地看著自己的娘親揹下罪孽而無動於衷，這也是不孝的大罪啊。」

一番話令在場眾人不覺動容。

「要不然，跟小郎君求求情……」

「不必了！給我一壺開水，我去河邊殺，不會讓妳們看到。」

沈嘉嘉的體貼再次令眾人動容。

她左手提鳥右手提壺離開後，廚娘們紛紛圍著朱二娘誇讚沈嘉嘉。

一個說：「三娘出落得越發水靈，性子又果決乾脆，以後也不知哪家小子能配得起她。」

一個說：「三娘這樣孝順，妳這做娘的真有福氣啊，哪像我家那丫頭，三天兩頭氣我。」

又一個說：「三娘這樣能幹，往後肯定能承繼妳的衣缽。」

朱二娘聽到這話，面上笑笑，心裡卻不以為然。他們夫妻只有這一個孩子，從小捧在手心上長大的，她可捨不得三娘受這煙火之苦。再說了，他們也花錢供她讀了好幾年的書，教書的先生們，有一個算一個，沒有不誇三娘聰慧的。這樣聰明伶俐的女兒，以後說不準能有什麼造化呢。

這一頭，沈嘉嘉離了周府後直接回了家，放下鳥，去院子裡抓了隻鴿子——她爹爹養了五隻鴿子，這些鴿子被人養熟了，扔一把米，一抓一個準。

沈嘉嘉把鴿子殺掉，褪毛，再把頭和爪子切掉，收拾乾淨了還給周府廚房，這才和她娘說了伯公去世一事。

廚房其他人的態度相當客氣：「既然如此，朱二娘妳下午便放心去弔唁吧，這裡有我們照看著呢。」

朱二娘還需先把午飯做好，沈嘉嘉便一人回了家。

她爹爹沈捕快已經回來了，看過女兒留的字條，便去街口王啞巴那揀了幾個饅頭，回來沏了一壺茶，這時沈嘉嘉推門走進來。

沈捕快說：「三娘妳回來了？事情我都知道了，先吃飯……喔對了，這鳥是哪裡撿的？我見牠都快死了。」

沈嘉嘉也不急著吃飯，而是去廚房弄來一把小米、一碗清水。她把小白鳥放在桌上，用筷子蘸著清水點在牠的喙下，也不知這樣能不能餵進去一點。

沈捕快在旁邊一邊吃羊肉饅頭一邊好奇地看著。羊肉的香氣慢慢地在餐桌瀰散開來。

「這鳥長得好生奇怪，」沈捕快看著鳥臉上的圓形紅斑，嘖一聲，「哪裡來的酸鳥！」

「應該是鸚鵡。」

「喔？」

「但是太笨了，學不會說話。」

沈捕快三兩口吃掉一個饅頭，伸手拿了第二個，一邊說道：「我看是活不了了，看著沒幾兩肉，也不知能不能吃。」

彷彿是專為打他的臉，就在此時，那鳥緩緩地睜開眼睛，竟是醒了。

牠有一雙黑色的大眼睛，又圓又亮，靈氣逼人。

沈嘉嘉本也沒抱太大希望，沒想到牠就這麼醒了，一時喜出望外，「你醒啦！」

「你是誰？」牠開口了。聲音竟然和尋常人差不多，嗓音稍細。

沈捕快奇道：「咦，這不是會說話嗎？」

「這是哪裡，我怎麼會在這裡？這不是我家。」那鳥看起來有些懵懂，撲棱著翅膀站起身，搖搖晃晃地走了兩步，彷彿剛學走路的雛鳥一般，一個不小心又倒了下去，這下子牠的語氣裡染上了驚慌：「這是怎麼回事！」

沈嘉嘉忍不住摸了摸牠的頭，「好可愛啊！」

鸚鵡生氣了，擺了一下腦袋，「別摸我。」

沈嘉嘉忍俊不禁，「脾氣還挺大。」

鸚鵡堅強地重新站起，展開翅膀揮了揮，羽毛豐潤，形態優雅，看來還是一隻美鸚鵡。牠低頭看了看自己的爪子，又扭著鳥頭看自己的翅膀，「怎麼會……我一定是在做夢。」一副懷疑人生的模樣。

牠正盯著翅膀憂愁呢，突然感覺身體一輕，爪子便離開了桌面，驚嚇道：「妳幹什麼，大膽！放肆！放我下來……」

沈嘉嘉將牠抱在懷裡輕輕撫摸，「別怕，我不會傷害你的。」

鸚鵡費勁掙扎著，既氣急敗壞，又有點彆扭：「妳一個姑娘，能不能放尊重一點。」

沈捕快在旁舉著半個饅頭，看得目瞪口呆。

這鸚鵡，豈止是會說話，這怕是成精了吧？

在謝乘風過去二十年的人生裡，從未像此刻這般不知所措。

一覺醒來變成了一隻鳥，還被一個素不相識的少女按在懷裡揉搓……他感覺快要窒息了。

明明前一刻還在打馬球……是了，馬球。

今日本來在和友人打馬球，奈何中途他的馬突然發狂，他控制不住，跌下馬來。那馬是他養熟的，性情溫和，頗通人性，不可能無緣無故發狂。多半是著了人的暗算。

那麼現在呢？這算是怎麼回事？他到底死了沒？

真希望這一切都是夢。

謝乘風終於從少女的懷裡掙脫下來，站回桌面上，低著頭用腦袋猛撞茶壺，一邊自言自語：「醒醒！」

沈捕快見牠瘋瘋癲癲的，莫名鬆了口氣：「嚇死我了，還以為真的成精了。」

沈嘉嘉托腮看著鸚鵡，沉思。方才這鳥開口讓她「自重」也著實嚇了她一跳。

沈捕快問：「三娘，這瘋鳥是從何得來？」

沈嘉嘉慢悠悠地，把事情的來龍去脈說了一遍。她說話時，目光落在那鸚鵡身上，只見那鸚鵡不撞茶壺了，歪著個小腦袋，似乎也在聽她說話。

牠能聽懂？

沈嘉嘉的眉毛跳了跳。

怎麼會，牠只是一隻鳥啊……

「三娘，妳也忒大膽了些。」沈捕快說道。用肥鴿子換小瘋鳥，他是有些肉痛的，不過既然女兒喜歡，唉，那就算了。

謝乘風心想，原來我是借屍還魂。

那麼，他原先的身體呢？他還能否變回去？

腦子裡一團凌亂，那姑娘還直勾勾地盯著他看，弄的他頗不自在，只好調轉身體，把屁股對著她。

吃過午飯，沈捕快出門買香燭、紙錢，一會兒弔唁要用。至於奠儀，等出殯那天再買。

堂屋內只剩下一人一鳥。沈嘉嘉將鸚鵡捧起來，與牠面對面，視線持平。

謝乘風看到了她的眼睛。

一雙杏核眼，黑白分明，清透澄亮，宛如一潭無塵秋水。

這樣的一雙水晶般通透的眼睛，靜靜地盯著他，彷彿透過他的身體，看到了他的魂魄。

謝乘風不喜歡這種感覺。扭開鳥臉，沒好氣道：「看什麼看。」

「尊駕略醜。」沈嘉嘉說。

謝乘風啼笑皆非，扭過頭瞪她一眼，譏道：「不知閣下是何天仙？」

沈嘉嘉突然就笑了。這一笑，眼睛便彎了起來，眼裡微微漾起波光，瑩潤溫柔，秋水變成了春水。

她說：「你果然能聽懂我說的話。」

謝乘風呆了呆，這，刁民啊……

他真的是被變鳥的事刺激得昏了頭，竟然忘了，一隻鳥能通人言，絕不是什麼好事，弄不好要被當作邪祟除了。

沈嘉嘉托著下頷，不等他辯解，眨眨眼睛道：「我知道了。」

謝乘風心虛地想，妳知道什麼了。

沈嘉嘉：「書上說，有些飛禽走獸得了機緣，能修成精怪，口吐人言。我此前雖不大信，今日見你如此，竟然真有此事。果然，世間萬物，皆有靈性。」

謝乘風就坡下驢：「妳說什麼就是什麼吧。」

他此刻並不打算說出真相。暗算他的幕後黑手尚未查明，這刁民心細如髮，倘若起了歹心，把他賣了，那就悔之晚矣。

再者說，就算他說了，也未必有人信。

既然眼前的人已有定論，謝乘風也就放開了，他在桌上蹦蹦跳跳地走了幾步，問她：「刁民，有沒有吃的？」

「你喚我什麼？」

「刁民。」

沈嘉嘉好脾氣道：「我姓沈，小名叫嘉嘉，你可以喚我三娘。哦，對了，你叫什麼？」

「我叫謝——」

「謝什麼？」

「……蟹八件。」

這名字有些古怪，沈嘉嘉心想，想必是因那周小郎君喜食螃蟹。這鸚鵡性情頗為驕傲，講自己的名字卻是吞吞吐吐的，大概是不喜歡這名字。想通此關節，沈嘉嘉善解人意道：「這名字不好聽，我替你取一個新的。」

「喔？」

「嗯……」沈嘉嘉想了想，看著他臉頰上的兩塊紅斑，笑道，「便喚作『小紅』，如何？」

謝乘風頗覺不滿，「還不如蟹八件。我就知道，妳這刁民，狗嘴吐不出象牙。」

沈嘉嘉被他罵了也不惱，繼續苦思冥想，突然一拍手掌，「有了！」

「哦？」

「我今日聽聞一人名十分動聽，與你也很相配，反正那人快死了，不如把他的好名字借來一用。」

謝乘風驚呆了，「還、還能如此？」

「嗯！」

謝乘風剛想說「會被天打雷劈的吧」，卻聽她說道：「那人叫謝乘風，他姓謝你姓蟹，你們也算同宗了。以後我就喚你『乘風』吧！」

謝乘風：「……」

有賴於這刁民堪憂的人品，他都變成鳥了竟然還能找回自己的名字。

實在是，天意弄人啊！

「有吃的嗎？」謝乘風又問了一遍。他也不想如此，奈何腹中饑餓難忍。

沈嘉嘉覺得有些奇怪，桌上擺著小米，這鳥難道眼睛不好？她把小米推到他面前，「這不就是？」

謝乘風感覺受到了侮辱，「我不吃這個。」

「那你吃什麼？」

我要吃尋常人吃的東西。

謝乘風不好明說，只是道：「妳吃什麼，我便吃什麼。」

沈嘉嘉今日的午飯是羊肉饅頭。她把饅頭皮撕成碎屑，放在手心餵到他面前。

謝乘風啄幾下饅頭屑，扭頭喝一口清水，一邊吃一邊抱怨道：「淡出鳥來。」

沈嘉嘉忍不住提醒他：「你自己就是鳥……」

不多時，沈嘉嘉她娘回來，一家三口換了素淨衣裳出門。因伯公家在鄉下，沈捕快租了輛牛車。

朱二娘子見了，略有些心疼：「走路就行，做什麼白花那冤枉錢。」

冤枉錢既已花了，自然是不必走路了。不過，那牛車也不比走路快多少。

沈嘉嘉提著裝紙錢、蠟燭的籃子上了牛車，剛坐定，忽然感覺籃子輕輕晃了一下。她低頭一看，只見遮籃子的白布微微隆起，旋即，從白布底下探出一個小腦袋。

紅紅的臉兒，頭上一撮朝天毛，不是那鸜鵒乘風又是誰？

謝乘風抖了抖朝天毛，扭著腦袋左看看右看看。

朱二娘子「呀」了一聲，指著他問：「三娘，牠怎麼還活著，妳又搗什麼鬼？」

沈嘉嘉嘿嘿笑了笑。

朱二娘子一想便明白了，用食指點著她的腦門：「妳呀妳！」

謝乘風偷偷跟出來，就是想探聽點消息，他想知道作為人的他到底是生是死，若是沒死，那麼那具身體是否被別的什麼靈魂占據了？會不會，被這鸜鵒占了？

如果一隻鳥住進他的身體……

不敢想。

一路上也沒聽到什麼有用的消息，都是些東家長李家短，或是小販們的叫賣聲、撕扯罵街聲，謝乘風覺得有些無聊，不知不覺睡了過去。

再醒來時，他發覺沈嘉嘉正單手把他從籃子裡撈出來。

想他謝乘風，文武雙全，拉的一手好弓箭，平常打架鮮有敵手，如今卻被一個少女單手拎著，實在是奇恥大辱、奇恥大辱！

沈嘉嘉本想把乘風藏在袖中，又擔心憋著他，於是將之塞在胸前的衣襟裡，只露出一個小腦袋來。

謝乘風默默地爬出來，順著她的衣服爬上肩頭，立著。

沈嘉嘉也就不管他了。

燒完紙磕完頭，朱二娘子與親戚聊天，沈嘉嘉便找同族的姐妹玩。她今日帶著隻新奇漂亮的鸚鵡，大小孩子都圍在她身邊吱吱喳喳的，一時間出盡風頭。

謝乘風很有些不耐煩，站在沈嘉嘉的肩頭瞇著眼睛裝睡。偏偏總有那沒眼力的，吱吱喳喳不完，還伸手捅他。

謝乘風惱道：「別碰我。」

「嘻嘻嘻生氣了！」

「……」

沈嘉嘉抬手擋住他，解釋道：「他今日生病了，你們看看就好了，不要摸。」

有人不聽勸，高聲叫道：「我就要摸牠，把牠給我玩！」說話奶聲奶氣的。

沈嘉嘉定睛一看，是她二叔家的小兒子，喚作七郎，今年不過三歲，小小年紀，性情卻有些霸道。

此時他正被姐姐抱在懷裡，沈嘉嘉抬手想摸摸他的頭，目光隨意一瞥，見那兩隻袖子髒兮兮的，彷彿積了兩團泥層，鼻子底下掛著一道鼻涕，隨著她的目光，他很自然地抬起袖子在鼻端抹了一把。

也不知要擦多少鼻涕，才能把袖子髒成那樣。

沈嘉嘉收回手，玩笑道：「我這鸚鵡是海外貨，值十兩銀子。你現在掏出十兩銀子，我便把他給你玩。」

七郎皺眉便要哭。

他姐姐笑道：「只給我們七郎摸一下便好，七郎很乾淨的，摸不壞妳的寶貝。」說著，便把七郎抱得高了一些，要往沈嘉嘉跟前湊。

沈嘉嘉還沒有反應，謝乘風先炸毛了，在沈嘉嘉肩膀上連連後退，差點跌下去，看來是嚇得不輕。他一邊退一邊叫道：「走開，鄉巴佬！」

一句「鄉巴佬」，令院內一眾人齊齊沉默了。

在場大多數人都住在鄉村，按理來講，都算是謝乘風口中的「鄉巴佬」，哪怕是沈嘉嘉這樣住在城裡的，也不過是個平民，還沒有資格罵別人鄉巴佬。

沈嘉嘉的鳥罵大家是鄉巴佬，約等於是沈嘉嘉罵了。

沈三娘，妳又能有多高貴？

在眾人不善的目光裡，沈嘉嘉尷尬地彈了一下乘風的腦袋，說道：「不要胡說。」接著向大家道歉。

然而，話已經說了，心已經傷了，無法逆轉。七郎哭著由他姐姐抱走了，姐弟倆心裡委屈，轉頭把這事找娘親傾訴了。

「說要十兩銀子才摸一下呢，還罵我們是鄉巴佬！」

沈嘉嘉她二嬸是個暴脾氣，一聽這話，氣得火冒三丈。一巴掌搧在女兒臉上，罵道：「小娼婦！誰讓妳巴巴地湊過去自找罵！人家以後可是要攀高枝、當誥命的，妳算個什麼東西？」

把姐弟二人嚇得齊齊大哭。

沈二嬸罵完還覺不痛快，出來打算去茅廁，途中有個鄉親將她拉到一旁，悄聲問道：「喲喲喲，妳那姪女沈三娘，可是越來越俊俏了——可有婚配？」

沈二嬸冷笑道：「她呀？你就別想了。」

「喔？」

「我們小姑子的兒子，你想必沒見過，那是一表人才，書讀得極好。明年考舉人，後年考進士，三娘就等著他金榜題名後成親呢！」

「啊？倘若真中了進士，配個高官的女兒也夠了，何必、何必……」何必娶一個小門小戶出身的姑娘？

「呵，這你就不懂了。三娘可是讀過書的，咱們這些人啊，在她們眼裡都是鄉巴佬、村貨，可不能癡心妄想！」

嘰嘰咕咕……

兩人在那裡說得暢快，渾然沒察覺到立在牆角另一頭的朱二娘。

朱二娘並非有意偷聽，只是剛巧撞到了，聽到他們挖苦女兒，她又急又氣，想要站出去辯駁幾句，奈何她是個嘴笨的，就算去也是自取其辱。

實在聽不下去了，她轉身捂著眼睛快步走開。

沈嘉嘉發現她娘很不對勁，眼睛紅紅的，悶悶地坐著，周圍的人聊天說話，她卻兀自神遊。

「娘，我想回去了。」她說。

「啊？那就回家吧。」

就這樣，一家三口晚飯也沒吃，匆忙趕著牛車回去了。
路上，朱二娘也不隱瞞，把自己聽到的那些話，挑挑揀揀地與沈嘉嘉說了。
謝乘風被迫聽了一番鄉巴佬們的恩怨情仇，亂七八糟的，讓他想把耳朵割了。
朱二娘說完，有些猶豫，「妳表哥……」
沈嘉嘉嘴一撇，「娘，我年紀還小呢，不急著嫁人。」
「妳都十七了，可不小了，」朱二娘拍了拍她的手，安慰道，「妳放心，娘替妳準備了好多的嫁妝，沒人敢看輕妳。」
沈嘉嘉聽到這裡，「噗哧」一笑。
朱二娘奇道，「妳笑什麼？」
前面駕車的沈捕快也回頭看她。
沈嘉嘉說：「娘，妳以為二嬸為何對我咬牙切齒，真的只是因為我的鸜鵒罵七郎一句鄉巴佬？」
謝乘風心想，我可不是妳的。
「那妳說是為什麼？」朱二娘問。

「二嬸一直想把七郎過繼給爹爹，她呀，是怕我成親時嫁妝太厚，把家產都帶走。妳還拿嫁妝說事。」

一番話說的夫妻二人都是一臉恍然。

沈捕快說，「過繼什麼，妳娘還年輕，還能生。」

朱二娘紅著臉「呸」了一聲，「當著孩子的面，別胡說八道。」

牛車吱吱呀呀地進了城，此時已是日薄西山，赤金色的陽光溫溫柔柔地潑灑在人間，人人身上都鍍了一層金邊。從城門到家還有一段路，沈捕快擔心她們母女饑餓，便停下車在路邊買了幾塊糕餅來吃。白麵與紅糖做的糕餅，表面撒了些芝麻瓜子，不算精細，卻也香甜。沈嘉嘉懶洋洋地靠在她娘身上吃糕餅，兩塊糕餅下肚後，便到了家。

朱二娘心情早已轉好，笑道：「我今晚不需當值，想吃什麼，娘親做給妳吃。」

「娘妳做什麼我都愛吃，我來打下手。」

「不用，妳爹給我打下手，妳回屋歇息。」

沈嘉嘉捧著謝乘風回到自己房間。

這是謝乘風第一次進入女子的閨房，他不好到處亂看，便低著頭。

沈嘉嘉掰了一小塊糕餅遞到他面前，「餓了嗎？」

謝乘風低頭啄糕餅上的瓜子，一邊吃一邊點評：「糖放多了，有點膩。」

沈嘉嘉轉身從架子上取下一個罐子，抓了一把帶殼的瓜子放在桌上，「嚐嚐這個，生的。」

謝乘風低頭看著瓜子，有些不滿意：「妳不幫我剝了我怎麼吃。」

沈嘉嘉只好磕開瓜子，把瓜子仁弄出來給他。

謝乘風嫌棄地扭頭：「沾了妳的口水，不吃。」

沈嘉嘉有些不耐煩，一甩臉：「愛吃不吃，我又不是你的奴婢。」

謝乘風感覺有些猝不及防，「妳是狗臉嗎，說翻就翻。」

她不理他。

謝乘風假裝環顧四周，一邊偷偷觀察她的臉色。他見架子上放著些書本，沒話找話地問：

「妳平時都看些什麼書？」

就在這時，沈嘉嘉爹娘房中突然傳來哭聲。

沈嘉嘉慌忙起身跑出去，謝乘風從桌子上跳到椅子上，又從椅子上跳到地上，這才邁著兩條小短腿，跟了上去。

沈嘉嘉一頭闖進房間，看到娘親跪坐在地上，面前放著個箱子，箱子開著，裡頭被翻得一團凌亂。

沈捕快正在嘗試將她扶起來，一邊溫聲說道：「妳先起來，地上涼。」

沈嘉嘉也連忙上前去扶她娘，問道：「這是怎麼回事？」

朱二娘淚眼婆娑地看她，「三娘，嫁妝……嫁妝全被偷了！」

第二章　沈三娘捉賊

沈嘉嘉將娘扶到椅子上，接著看向她爹。

沈捕快黑著一張臉，「方才我們一進屋就察覺臥房被翻動過，便四下檢查了一番……哪個賊無賴，敢偷到沈爺爺的頭上，等老子抓到他，一定要扒了他的皮！」說著，抄起刀就要往外走，「妳照看好妳娘，我去找幾個弟兄助我抓賊。」

沈嘉嘉問道：「賊在哪裡？」

沈捕快腳步一頓，略有些不好意思：「眼下……還不知道。咱家的鎖和門窗都不曾遭破壞，這賊也不知是怎麼進來的。三娘妳曉得，爹只擅長抓捕兇犯，推斷案情卻是不大會。少不得要請衙門裡心思縝密的兄弟幫忙。」

沈捕快身材魁梧，武藝高超，作為一隻鳥的謝乘風站在地上看他，更是覺得此人小山一般高大。謝乘風感慨地想：倒是一個好打手，可惜腦子不太靈光。

沈嘉嘉托腮想了想，疑惑道：「為什麼只翻了你們的房間，沒有翻我的？」

「這……」

沈嘉嘉在房間走了一圈，左看看右看看，上看看下看看，喃喃道：「門窗和鎖都是好的，這人怎麼進來的呢？」

朱二娘子插嘴道：「他能穿牆遁地不成？」

沈嘉嘉眼睛一亮，「對！他能穿牆遁地！」

沈捕快擔憂地看著女兒，三娘怕不是瘋了吧？

接著他的目光移開，不懷好意地低頭看地上那隻鳥。都怪這瘋鳥，三娘一直好好的，跟這瘋鳥玩了半天就被帶得有點瘋了。

「這鳥留不得。」沈捕快語氣兇惡。

謝乘風：「……」

沈嘉嘉沒注意到她爹的話，她此刻在房間內緩慢地走動，走一步，就在地上跺跺腳，如此這般走了大概五六步，再次跺腳時，地磚的聲音變得不一樣。

「就是這裡了，爹，我們把這裡撬開看看。」地上鋪的是青磚。

沈捕快突然明白了她的用意，趕緊過來蹲下身，這時才發現青磚表面散落著一些細小塵土，他把青磚撬開，底下赫然出現一個黑黢黢的洞口。

那洞不到兩尺寬，能容下一個瘦小的人。

沈捕快摸了把洞壁的泥土，說道：「這泥土新鮮潮濕，洞是新挖的。我下去看看！」

朱二娘連忙阻止他：「你的身型像頭牛，下去就卡住了，怕是會悶死在裡面，還是我下去吧。」

沈嘉嘉搖頭道：「你們都不用去，這洞大概已經被人堵死了。倘若沒有堵死，那麼這一路下去也肯定找不到什麼線索。」

「也對，那賊子怎麼會留著通路讓我們找到他。」

謝乘風在一旁看得津津有味。這對夫妻呆頭呆腦的，怎麼生出的女兒這樣刁鑽。

「三娘，現在怎麼辦？」

「爹、娘，賊子的身分，我大概已經知道了。」

「喔？」

「挖地洞十分耗費人力，咱家又不是什麼大戶人家，到底值不值得對方費勁千辛萬苦挖個地洞來偷盜？」

「按理說是不值當。」

「除非……」沈捕快右手握拳在左手掌心擊打一下，說道：「除非這條地洞很短，挖起來並不用耗費太多人力！」

沈嘉嘉點頭笑道：「正是如此。除此之外，那地洞直通爹娘臥房，盜賊連我的房間都未曾來翻一下，說明他對咱家的人口與廳房十分了解，知道你們的房間在哪邊，知道我的房間沒什值錢的東西。第三，盜賊為何敢在今日行竊？因他知道我們一家三口出門，要晚些才能回來。伯公走得突然，知道我們一家行蹤的人可不多。所以——」

「所以，綜上種種，這盜賊就在左鄰右舍之間。」沈捕快說出結論。

說完這話，沈捕快拿刀出門了——他還是需要兄弟。

這地帶人口稠密，雖然知道了嫌犯出自鄰里，可有條件做案的鄰居也有十來戶了，需要進一步查找。

可惜，就這十來家，沈捕快帶著兄弟查了兩日，只排除掉一半，餘下還有五家，到這裡便進行不下去了。有人提議順著地洞的痕跡挖過去，結果下去之後遇到一塊巨石攔路，只好放棄。

這天，沈嘉嘉外出買了點小玩意回來，小小的桌子、板凳，巴掌大的小鞦韆，一股腦推到謝乘風面前。

謝乘風看著那搖搖晃晃的小鞦韆，感覺受到了侮辱。

偏沈嘉嘉還沒個眼力，追問他：「給你的，喜不喜歡？」

「滾！」

「你要是喜歡——」

「我、不、喜、歡。」雖然鸚鵡不見得有牙，但謝乘風的語氣是咬牙切齒的，「妳給我等著！」

「——可不可以幫我個忙？」

沈嘉嘉隨即把她的請求說了出來，謝乘風聽完差點氣笑了：「沈嘉嘉妳什麼意思，妳讓我去聽壁角？我堂堂……妳讓我聽壁角，好大膽的刁民！」

「拜託，幫個忙，好不好。」沈嘉嘉雙手合十。

她做小伏低的樣子於他而言是十二分的受用，他把鳥頭一擺，「呵呵，現在知道求我了？妳連瓜子都不替我剝。」

「剝剝剝，不僅剝瓜子，我還榨果汁，你想喝梨汁還是桃汁？」

「哼哼。」

沈嘉嘉繞到他面前，對著他長長地作揖，彎著腰：「求你啦！」接著拉長聲音，「祖——宗——」

謝乘風被她逗樂了。他搖搖頭，無奈道：「一個姑娘，怎麼這般沒臉沒皮。」

沈嘉嘉彎著腰仰臉看他，笑得眉眼彎彎，「你答應啦？」

「哼。」

沈嘉嘉捧起他，開心地用臉蹭了蹭他的臉：「多謝！」

對於這類輕薄舉動，謝乘風已經懶得反抗了。

沈嘉嘉把謝乘風放在窗前，「去吧。」

謝乘風探頭探腦地看了一會兒，末了轉過身，頗有些羞赧：「我好像，不大會飛。」

沈嘉嘉：「……」

一隻鳥？不會飛？

說笑嗎？

沈嘉嘉萬萬想不到，有一天她會教一隻鳥怎麼飛。

她撲棱了半個時辰的翅膀，不是，胳膊，乘風蹲在桌上一邊吃瓜子一邊看戲，就是不肯振一下翅膀，原因是——

「摔壞了怎麼辦。」

沈嘉嘉趴在桌子上，癟癟嘴看著他，委屈道：「你就別戲弄我了。」

「那妳以後還跟我甩臉子不？」

「不了不了……不過，這點小仇你記兩天？」

「我從出生到現在，只有妳這個人對我甩臉子，我記一輩子也不為過。」

「好好好，你說的都對。以後你是主人，我是奴婢。」

謝乘風也拿捏夠了，放下瓜子，站在桌上嘗試撲翅膀，這樣試了幾下，終於是搖搖晃晃地飛了起來。

他白天練了一日，到晚上，由沈嘉嘉護送著，去聽了幾個鄰居的牆角。

當晚，沈嘉嘉藉口自己不小心聽聞贓物所在，讓沈捕快帶著兄弟去搜了某鄰居家的枯井，搜到黃金頭面一副，並銀兩若干，與沈捕快家失竊的數目都對上了，人贓並獲，當場便把人扭送到官府。

那鄰居很快就招了。

原來是他的小舅子與兩個外甥來家做客，夫妻二人整治了一桌酒菜，幾杯酒下肚，小舅子說到自己曾經掘墳盜墓發橫財的經歷。鄰居聽得眼熱，但想到挖墳是斷子絕孫的勾當，他絕不肯做。不過今日看到沈捕快一家三口坐著牛車出門，一打聽得知這是去鄉下弔唁，想來一時半刻也回不來。沈捕快夫妻二人都有好營生，家中定是積攢了不少錢財，幾人借酒壯膽，一商量覺得此事可為，於是當下便挖了地洞摸過去，收穫不少。哪知道沈捕快那麼快就查到他這裡，他不敢銷贓，只好把贓物藏在井中，打算待到事情平息了再做處置。

終於把母親的心頭寶追回來，沈嘉嘉一顆心總算落了地。

她幫乘風剝了許多瓜子，一顆顆潔白飽滿，又榨了雪梨汁，細細甜甜的。謝乘風站在小鞦韆上，左邊吃顆瓜子，右邊喝口汁，搖一下小鞦韆，不亦樂乎。

沈嘉嘉用指尖撫了撫他的腦袋，「這次多虧有你，你可真是我的小寶貝。」

「妳還能再肉麻一點嗎？」

沈嘉嘉促狹道：「小——心——肝——」

咚——

謝乘風一頭栽了下去。

晚上，謝乘風迫不及待地飛出了門。

他必須回家一趟看看。

之所以選在晚上出門，是因為白天出去時差點被幾個頑劣小童用彈弓打下來。

公主府在沈家東邊，距離有些遠。謝乘風在夜晚無法視物，只能選著有亮光的地方走。飛不了多久，他低頭見到一燈火通明的府邸，院中有人吃酒賞月，幾個少女彈琴的彈琴、吹簫的吹簫，曲調悠揚婉轉，伴著明月清輝，彷彿一幅有聲音的畫卷。

謝乘風收了翅膀站在樹梢上，定睛一看，坐主位的是周洛，聽沈嘉嘉說過，這鳥就是從他手裡救下的。

周洛幾人正在聊他謝乘風。謝乘風豎起耳朵聽。

「聽說謝公子還沒醒呢，太醫流水似的往長公主府跑。」

「都幾天了，只怕凶多吉少了，唉。人生苦短，世事無常，諸君，且珍惜眼前吧。」

「我感覺這事有些不對，聽說出事以後長公主府加強戒備，現在連一隻鳥都飛不進去。」

「什麼意思，為何戒備，難道墜馬不是意外？」

「啊？有人要謀害皇親國戚？」

雖然知道這會兒自己家中肯定戒備森嚴，不過，謝乘風還是想碰碰運氣。

他費盡千辛萬苦飛到長公主府，剛落在枝頭上，忽聽到破空之聲，緊接著有什麼東西在他臉旁擦過，未來得及做出反應，便聽到「啪」的一聲，有東西摔在地上。

他低頭，也看不清地上是什麼東西，倒是地上的人幫忙解答了。

「是鴿子。」

謝乘風想像了一下，如果他現在站出去說「我是長公主府的小主人謝乘風，現在暫時變成鳥回不了家，如果有人幫我恢復原身我會賞他黃金百兩並加官進爵」，下面的人是會聽信他的話呢，還是會一箭把他射個對穿？

大概，腦子正常的人都會選擇後者吧。

謝乘風立在枝頭一動也不敢動，一直熬到底下的人換防稍有鬆懈，他捕捉到一點機會，這才逃了出來。

沈嘉嘉並不知乘風經歷了「公主府驚魂一夜」，次日她拿出布料與針線，對乘風說：「我要做冬衣，不如幫你也做一件？」一邊說著，一邊拿著量尺在他身上比劃。

謝乘風覺得沈嘉嘉真討厭，無時無刻不在提醒著他變成鳥的事實。一揮翅膀把她的針線籮筐掀翻，說道：「用不著。」

沈嘉嘉一邊撿著針線，一邊問，「好端端的怎麼又生氣，誰惹你了？」

謝乘風轉過身體看著窗外。眼見秋風蕭瑟，黃葉滿地，很符合他此刻的心境了。

他悠悠地嘆了口氣：「說了妳也不懂。」

「有什麼過不去的，你不知道，我有多羨慕你呢。」

難不成她看出了什麼？謝乘風心裡一沉，不動聲色地看著她：「羨慕我什麼？」

「你會飛啊！」

「……」

萬萬沒想到，答案竟是如此。

沈嘉嘉坐在窗前，一臉神往地問：「你說說，飛，是什麼感覺？」

謝乘風仔細回憶了一下，身體輕盈，目光開闊，整個京城都在腳下，浩浩乎馮虛禦風，那感覺……確實還不錯。

謝乘風：「感覺就那樣吧。」

沈嘉嘉雙手捧著臉，「我要是能飛就好了，我想飛去很遠很遠的地方，看看這個世間的盡頭到底是什麼模樣。」

她說這話時眼睛亮晶晶的，神采飛揚的很，導致謝乘風都不好意思說這是春秋大夢了。

他只是「嗯」了一聲，接著說道，「沒準，以後妳可以變成鳥。」

「那是不可能的，不過，也許，人也能飛呢？」

「那還是變鳥更容易一些。」

「你看，風箏為什麼能飛，因為有風的助力。如果，把人綁在一個大風箏上，只要風箏足夠大，就能把人也帶得飛起來，你說是不是？」

謝乘風被她的異想天開折服了，「好、好像有點道理？」

「嗯！但是風箏需要繩子拉著才能飛，如果想飛得更遠，繩子就不夠用了。」

「妳還想飛多遠……」

「所以，我還有另外一個辦法。孔明燈既然能飛起來，那麼如果把人做成一個大孔明燈——」

謝乘風感到一陣毛骨悚然：「妳想把自己點了天燈？沒必要吧？」

「不是不是，我是說，把人放在孔明燈下面，比如吊在繩子上或者裝在籃框裡，這樣孔明燈飛起來的時候，人就能飛了。」

「如果孔明燈滅了呢，不就掉下來了？」

「唉，說得也是，所以最好是能找到辦法控制孔明燈，想讓它飛的時候就飛，想讓它降的時候就降。」沈嘉嘉捧著臉，眉間微微蹙起，自言自語，「有什麼辦法呢？」

謝乘風見她目光放空，一動不動，忍不住說道：「呆子。」

沈嘉嘉倒也不氣，收回目光，抬起手指輕輕撫了撫他的頭，笑道：「乘風，謝謝你。」

「謝我？」

「謝謝你，願意聽我說這些。」

謝乘風怔了怔，對上她澄澈的眼睛，莫名地有些不好意思。他說：「我從未見過妳這樣的姑娘。」

「我也從未見過你這樣的鳥。」

氣氛一時有些傷感，謝乘風想了想，問：「妳想知道世界的盡頭是什麼樣的？」

「嗯！你見過嗎？」

「沒有。不過，我見過大海。」

「啊！」沈嘉嘉一臉驚喜。

「還有一些往來於海上的商人，宋人與藩商，也有海外的王族。」

「可以同我講講嗎？」沈嘉嘉眨著眼睛，央求道，「講一講嘛。」

竟然，為這種事情撒嬌……

謝乘風一邊感覺雙目略痛，一邊又莫名覺得有些受用。想到她一天天地調戲他，這回他也要調戲回去，於是笑道：「妳叫我一聲爺爺，我就——」

話還沒說完，忽聽到外頭一陣鏗鏘拔刀的聲音，緊接著是一個男人怒罵：「你這瘋鳥，讓她叫你爺爺，你怕是要給我當爹不成？」

謝乘風定睛一看，是沈捕快回來了。這魁梧大漢此刻怒氣勃發，舉刀就砍，眼看著寒光凜冽的刀鋒劈頭而至，謝乘風連滾帶爬地跳下窗臺，躲在桌子底下。

沈捕快捨不得將好好的窗戶砍壞了，收了刀子，站在窗外喊道：「你給我出來！」

謝乘風心想，當我是傻子嗎？

沈嘉嘉隔著窗戶問她爹：「爹，現在還不到散班的時候，你怎麼回來了，可是有什麼要緊事？」

沈捕快一拍腦袋，「差點忘了正事，都是被這瘋鳥氣的。明天把牠拔了毛烤來吃。」沈捕快說著，走進堂屋，咕咚咕咚灌了一大碗茶水，坐下。

沈嘉嘉也從臥房走出來，邊走邊道：「他平時在街巷間玩耍，難免學幾句瘋話，我回頭教訓他就是了……爹，衙門裡出了什麼事？」

「唉，確實出了件大事，」沈捕快放下茶碗，「三娘，爹爹想請妳幫忙。」

「哦？我能幫上什麼忙？爹爹但說無妨。」

「是這樣的，今日一早，監察御史錢泰被發現吊死在家中，家人報了官。仵作驗屍後認為錢禦史並非上吊自殺，乃是先被人勒死後再掛到房梁上，偽裝成自禁。」

沈嘉嘉問道：「仵作為何這樣認為？」

「吊死的與勒死的傷痕不一樣，死狀也不一樣，吊死的一般都會吐舌頭，像這樣——」沈捕快說著，簡單學了一下，翻白眼吐舌頭，把沈嘉嘉逗得「噗哧」一笑。

謝乘風早就從桌子底下鑽出來，默默地站在沈嘉嘉身後豎起耳朵聽故事。他實在太無聊了。

沈嘉嘉問道：「既然判斷是他殺，那麼可有嫌疑人？錢御史有什麼仇人嗎？」

「錢御史的職責是糾察百官——就是給當官的挑不是，平常時不時地就上奏章罵人，得罪的人可太多了。就在案發前一日，他才彈劾過周侍郎，把周侍郎罵得狗血淋頭，周侍郎還揚言要殺了他呢！誰曉得第二日錢御史就被殺了，所以周侍郎便成了最大的嫌疑人，已經被請到官府訊問了。」

沈嘉嘉靜靜地聽完，問道：「爹爹，這與我有何干係？」

「那案發現場做得十分乾淨，沒留下任何證據，更離奇的是，房間的門窗都是從裡頭栓著的，就是個密室。我查不出什麼頭緒，想到上次咱家遭的密室盜竊案，妳心細如髮，也許這次能幫上什麼忙。」

「我？我可以嗎？衙門裡其他人會不會介意……」

沈捕快擺擺手打斷她，「三娘有所不知，因老捕頭年紀大了做不動了，他兒子要替他的班，須得先從捕快做起，捕頭的位子便空了出來。上官放出話來，這個案件事涉兩位朝廷官員，誰破了案，誰就能得到提拔……」沈捕快說著說著，自己也有點不好意思，「我與李四都在瞧著這個位子，現在各自拉了一班人馬，我卻沒有十足把握，只好來找妳試試。」

謝乘風聽得有點呆了。費盡心機就為了當個捕頭？還真是志存高遠。

第三章　初入衙門

為了爹爹的前程，沈嘉嘉欣然答應此事，因女裝多有不便，於是換了身男裝，隨即跟著爹爹出了門。

她擔心露出破綻，還拿了一柄摺扇擋在胸前。

謝乘風立在她的肩頭，低聲嘲笑她：「秋天了還搧扇子，怕別人不知道妳是個傻子。」

前面的沈捕快回頭，粗聲問道：「這瘋鳥嘀咕什麼呢？」

沈嘉嘉笑道：「他說自己是傻子。」

「哈，這傻鳥，倒有自知之明。」

謝乘風氣得啄了一下她的耳朵。

一路上，沈捕快簡單說了錢御史的概況。錢御史出身耕讀之家，考上進士後算是光宗耀祖了，現在家中有一妻一妾，妻妾均育有兒女。錢御史脾氣不甚好，不僅在朝中罵那些官員，回家也經常訓斥妻兒，且對奴僕十分嚴苛。前日他與周侍郎對罵後，心胸中一直存有鬱氣，昨日晚飯時與妻子吵了一架，當夜宿在書房，今日一早便被發現死在了書房。

謝乘風立在沈嘉嘉肩頭小聲點評：「一條瘋狗。」

到了錢御史家，兩人一鳥由管家引著去了案發那屋，管家有些疑惑：「不是才來過嗎？」

沈捕快憨厚地笑笑：「再看看。」

錢御史的書房在內宅的東南角，同內宅以石徑翠竹相隔，是個清幽雅靜的地方。書房名「致遠堂」，取「非淡泊無以明志，非寧靜無以致遠」之意。

沈嘉嘉走進書房，只見這書房約莫一丈見方，室內陳設一覽無餘：一個貼牆的書架，架上放著書籍、古董；一張書案，案上放著筆、墨、紙、硯、水注、鎮尺等文具，此刻擺得有些散亂；一張榻床，榻下放著滾凳；書架對面的牆上掛著兩幅畫，都是寧靜悠遠的山水畫；窗前放著一口不到一尺深的花缸，缸裡養著小蓮花，這時早已過了花期，巴掌大的蓮葉枯了大半，剩下的也是垂頭喪氣，顫顫巍巍。

沈嘉嘉仔仔細細地觀察，恨不得把每一個角落都翻一遍。沈捕快看到她蹲在地上摸索，忍不住提醒她：「地上已經都敲過了，沒有打洞。」

最後，沈嘉嘉半跪在地上翻看著被破壞的房門，問管家：「你們是怎麼進來的？」

「我今日一早叫了兩次阿郎都沒叫醒，便喊人來一起破門而入，就看到阿郎他，他……

唉。」

「昨夜可有什麼異常？」

「沒有。這位牌頭，聽說我家阿郎不是自殺的，這這這，如果是被人殺害的，那人怎麼進來，又怎麼出去？莫不是鬼魂索命？」

沈嘉嘉笑道：「如果是鬼魂索命，殺了便是，何須偽造現場？我已經知曉此人是如何來去的了，爹爹，你看。」說著，抽出門栓，起身遞到沈捕快面前，抬起食指在上頭一處點了點。

沈捕快不好意思當著管家的面說自己沒看明白，一臉高深地點了點頭。

一直到離開錢禦史家，沈捕快還在看那塊門栓，「三娘，這到底怎麼回事？」

「如果我沒猜錯，兇手應該是在門外把門栓拉上去的。」

「啊？這怎麼可能？」

「用絲線打活結將門栓繫牢，然後把絲線穿過門上的插槽，人提著絲線關上門站在外頭，只要一拉絲線，門栓就會被帶動插入插槽，因打的是活結，在門外拉一下絲線的另一頭，結便能解開，再將絲線抽走，如此這般，神不知鬼不覺。」

「這……這……」沈捕快還是覺得有點太不可思議了，「這可有證據？」

沈嘉嘉指著門栓的一處：「不是讓你看了嘛，門栓底部有一條細縫，這細縫非常筆直，一看就是用刀劃的。正常人誰會在門栓上劃刀縫？除非……」

沈捕快總算明白了，一拍腦袋：「除非是為了卡住絲線，讓絲線栓得更牢固一些！」

沈嘉嘉笑道：「爹爹真聰明。」

「嘿嘿。」

謝乘風立在她肩頭翻了個大白眼。

沈捕快笑完又疑惑：「兇手怎麼出來的現下是弄明白了，可是，他怎麼進去的？」

「他從門出來，就表明是從門進去的——倘若有別的道路，實在是沒必要動門栓。既然從門上找不到任何從外開門的可能性，那就只有一個原因——門是錢御史主動開的。」沈嘉嘉托著下頷，語氣肯定，「所以，這個人錢御史必定認識，且對其毫無防備。」

沈捕快越聽越驚訝，「對、對啊。」

「不僅如此，我還從現場發現了這個。」沈嘉嘉說著，從袖中掏出一片葉子遞給沈捕快。

「這是……海棠的葉子？」

「對，我方才與管家聊天，已經旁敲側擊地問過了，錢御史極重視衣冠整潔。他身上落著海棠葉子走進書房的可能性雖有，但是很小，這片葉子，更可能是兇手帶進去的。所以，我們現在可以把疑犯的範圍再縮小一些：錢禦史家中的、有可能接觸到海棠樹或者從海棠樹下經過的人。」

沈捕快張大嘴巴看著她，呆了半晌，喃喃道：「我……我好厲害。」

謝乘風傻了眼。

與爾何干？

沈捕快：「竟然能生出這樣有能耐的女兒。」

謝乘風：「……」

行吧。

話說回來，謝乘風莫名有點為沈嘉嘉未來的夫婿擔憂。娶這樣的妻子，下半生註定沒有祕密可言了，嘖，可憐啊。

說完這些，沈嘉嘉突然拍了一下自己的腦袋，嘆了口氣，「唉。」

沈捕快緊張道：「怎麼了，可是身子不適？」

「我總感覺，方才在錢御史屋中，有什麼重要的東西被我忽略了……是什麼呢？」

見女兒想得很辛苦，沈捕快提議道：「不如我們去找仵作問問？沒準他能從屍身上發現什麼線索。」

「好啊。」

因錢御史一案牽連朝廷命官，上頭很是看重，所以屍身已被運送至衙門裡的停屍房，派人嚴加看守。

沈捕快父女走到府衙外時，見到此地好不熱鬧。原來，因府衙門口街道寬廣，商販聚攏，早就形成了一個街市，賣花的、賣茶的、賣果脯點心的，熙熙攘攘，使得高闊森嚴的府衙平添了幾分煙火氣。

越過街市，沈嘉嘉迎面看到一個人騎著高頭大馬走過，身後還跟著一輛馬車。馬上的男子年歲在二十上下，生得唇紅齒白，穿一身靛色織暗紋錦袍，頭上未著冠，只用一條與衣服同色的髮帶把烏髮束得齊整，髮帶下簪了朵暗紅色的茶花。

沈捕快見到此人，低聲說道：「車上的是周侍郎，咱們避著點。」說著，將沈嘉嘉拉到路旁，朝騎馬男子拱手笑了一聲：「衙內好走。」

沈嘉嘉因是男裝，便也學著爹的樣子朝他拱了拱手。原來這人就是那個傳說中的周小郎君，也就是乘風的前任主人，周洛。

周洛朝沈捕快點了下頭。本來，這些走卒皂吏他是不認得的，不過沈捕快的妻子是周府廚娘，因這層關係，他與沈捕快也有了「點頭之交」。

馬蹄聲噠噠，不曾減速，走到沈嘉嘉面前時，周洛卻「吁——」的一聲，勒停了馬。

沈捕快心裡咯噔一下，心想難道這周衙內看上了我兒的美色？

卻不料，周洛突然開口問道：「你這鳥是哪裡來的？」

沈嘉嘉心裡咯噔一下。

她穩了穩心神，面不改色地撒謊：「回衙內，此鳥是我撿來的，之前不知為何受傷，掉在了我的院子裡。」

周洛挑眉，意味深長地「喔」了一聲，「這麼巧？」

「我和他有緣。」

「是嗎，那你的鳥會說話嗎？」

「會，會的！」沈嘉嘉撫了撫乘風的翅膀，「乘風，請你說句話。」

周洛有點驚訝：「一隻鳥而已，何必這樣客氣？」

謝乘風在沈嘉嘉肩膀上跳了跳，偏不開口。

沈嘉嘉懇求道：「求求你了，說句話，好不好。」

謝乘風掃了周洛一眼，慢悠悠開口：「繡花枕頭，草包。」

周洛渾然未覺得這話有什麼問題，奇道：「果真會說話，我此前也養過一隻同樣的，費了不少銀子買來。」

「啊，」沈嘉嘉裝作什麼都不知道，一派天真地看著他，「那後來呢？」

「後來牠一直學不會說話，被我燉了。」

沈嘉嘉裝模作樣地臉色大變。

周洛哈哈一笑，打馬走了。

走遠了，他自言自語道：「我的鳥不說話，難道是因為我不夠客氣？」

父女二人進了府衙，見到仵作時，他剛從停屍房出來，身後還跟著一個小徒弟。仵作喚作鄭公，徒弟行六，都叫他六郎。

沈嘉嘉想見見屍身，卻被鄭公與沈捕快一同攔住了。

沈捕快：「屍體醃臢，妳一個姑娘家就不用看了。有什麼都問鄭公，鄭公從屍身上能看到的東西肯定比妳多。」

沈嘉嘉一想，也有道理。

鄭公謙虛了幾句，便說了屍體的大致情況：「死者年約五十到五十五，死亡原因是被人從身後用繩子緊勒窒息而亡，死者身上有掙扎的痕跡，死亡時刻是昨夜戌時四刻至亥初，約莫不會差太多。」

沈嘉嘉好奇問道：「死亡時刻是如何瞧出來的？」

「一般會根據屍斑、屍僵、屍溫來判斷，具體仔細的方法一時半刻也難說清楚，且與季節有很大關係。」鄭公本想只說這些，見她聽的認真，於是又耐心道，「屍斑與屍僵都有相對固定的出現時刻，需要結合死者自身的年齡、死因、體質等來看，至於屍溫，天氣冷，屍溫就降得快一些，天氣熱，屍溫就降的慢一些，這些都需要仔細拿捏。」

沈嘉嘉聽完一頓拜服：「原來仵作行有這麼多講究，果然，萬事皆學問。」

小徒弟六郎頗為得意，說道：「我師父可是全天下最厲害的仵作，推演死亡時刻比旁人又準又快，從不出錯。」

鄭公笑道：「小兒胡說，你們別當回事。我曾經也是會出錯的，只是經驗慢慢的積累下來，近些年確實越來越準。哦對了，有件事，沈牌頭還不知道吧？」

「何事？」

「死者手裡緊攥著一個荷包，可以斷定是死之前握在手裡的，現下已經作為重要證物被李四牌頭拿走了。」

「啊？」

回去的時候，沈捕快懊惱不已，覺得自己不該那麼著急地回來找女兒，應該先去仵作房的。他只在錢家看了一下仵作驗屍，誰能想到屍身運回去之後還能發現這麼重要的線索呢！三娘雖然聰明，終究是年紀小，又沒辦過案，他當時是被什麼蠱蟲迷了心智才跑回來找女兒幫忙，真是異想天開，唉！

下午沈捕快出去奔波半天，知悉錢家只有錢氏夫妻所住的主院裡種著海棠樹，再然後就沒有別的收穫了。沈捕快有些疲憊，回來後把情況與女兒講了，吃過晚飯便躺在床上沉思。

沈嘉嘉把自己關在房間裡，對著謝乘風雙手合十苦苦哀求：「求求你了，再幫我這一次好不好，好不好嘛！」說完坐在他面前，兩手交疊放在桌上墊著下巴，然後嘟起下嘴唇，睜著杏眼懇求地看著他，「求求你了！」

謝乘風：「……」

又來這招！

過了一會兒，沈嘉嘉穿一身黑衣服，手裡托著謝乘風，輕手輕腳地出了門。

路上，謝乘風還有些抱怨：「以後不要再撒嬌了，我眼睛疼。」

「知道啦、知道啦。」

街上掛著燈火，謝乘風勉強能看到點東西，不算純瞎子，不過也沒好多少。他又說：「晚上我根本看不清，妳也不怕我回不來。」

「我當然怕。」

「妳怕的是我沒辦法帶消息回來給妳！妳這個沒良心的。」

「哪裡的話，我喜歡你，我希望你永遠陪著我。」

謝乘風聲音小了些，嘀咕道：「肉麻。」

謝乘風不能在錢府逗留太久，倘若等到熄了燈，他就完全是個睜眼瞎了，況且錢府裡還養著貓狗，危險重重。

再次感嘆，沈嘉嘉真是沒良心。

約莫半個時辰後，謝乘風從錢府出來，落在沈嘉嘉肩頭上，「走吧。」

沈嘉嘉雖心裡著急，卻怕這鳥又發脾氣，於是把他帶回家，食水伺候妥當，這才問道：「如何？」

謝乘風答道：「只聽到兩個女人哭哭啼啼的。」

「什麼樣的女人？」

「約莫是錢夫人的丫鬟，一個被夫人罰了，另一個安慰她。被罰的那個不知犯了什麼大錯，還怕夫人要她的命。」

「就這些？」

「還要怎樣？」謝乘風翻了個白眼，「錢府摳門，燭火都捨不得用幾個，我撞了一次樹、兩次牆！」

沈嘉嘉連忙抬手撫他的後背，「辛苦你了，心肝兒。」

「少來這套。」

沈嘉嘉突然低頭，在鸚鵡紅彤彤的臉頰上香了一下。

謝乘風：「……」

沈嘉嘉瞇眼笑了笑：「不要生氣啦。」

謝乘風：「……」

鳥腦一片空白。

沈嘉嘉見乘風瞪著一雙溜圓的眼睛，一動不動，呆若木雞，她忍不住伸出食指輕輕戳他：「乘風？乘風？」

謝乘風翅膀一掀，呼啦啦飛起來，飛到書架的頂端落定，居高臨下地看她。

他有些氣急敗壞：「親我做什麼？妳怎麼能隨便親我，妳知不知道我是──」說到這裡頓住，猶豫著要不要說實話。

沈嘉嘉仰著頭一臉無辜：「你不就是一隻鳥嗎？難道是害羞了？」她莫名覺得好玩，托腮笑道，「乘風，你是公是母？」

是公……是母……

謝乘風差點背過氣去。人生中第一次被姑娘親竟然是在這樣的情況下，對方還問他是公是母。他感覺自己心中堵著一口氣彷彿要炸開。

沈嘉嘉察覺到乘風好像真的生氣了，這小鳥哪裡都好，就是忒喜怒無常了點。她朝他伸手，好脾氣地笑：「好啦，不要生氣了，你先下來好不好？」

謝乘風有氣沒處撒，忽地飛下來，爪子握住沈嘉嘉頭上的髮簪，用力一扯便將髮簪抽出。沈嘉嘉一頭烏黑柔順的秀髮沒了束縛，就這樣瀑布般垂落下來。

她披著頭髮笑望他，櫻唇微啟，目光盈盈，然後朝他勾了勾手指。燭光搖曳下，他聽到她輕聲問他：「你想做什麼呢？」

謝乘風知道她絕對沒那個意思，可他還是很不合時宜地……感覺這樣子有些曖昧……心有點累。

最後他落在窗前，背對著她，說道：「睡覺，睏死了。」

次日一早，毫無頭緒的沈捕快做了一個決定。

他找到李四，當著衙門眾兄弟的面，說道：「李四兄弟，我也不與你繞彎子，有話就直說了。雖說大家各有私心，但眼前把案子破了才是最最緊要的，我只希望咱們能把各自的收穫及時地說說，互通有無，再各憑本事去做。等案子結了，誰的功勞更大，上頭自有決斷。我先說我的，絕無藏私。」接著便把自己與三娘的發現如此這般地說了。

李四聽罷，肅然起敬道：「沈兄弟你真是明察秋毫，比我強多了，我心服口服。捕頭一職合該是你的。」

沈捕快赧然道：「其實，這都是我女兒發現的。」

「啊？」

沈捕快簡單講了一下三娘，順便把上次家中失竊地事情也說了，講完享受了一番眾人的吹捧和羨慕。還有人問沈捕快三娘可有定親。

李四說道：「實不相瞞，我們只在死者手中發現了這荷包，詢問一番，錢府的人都說沒見過，只知道這荷包所用布料、絲線確實是府中採買過的東西。」

兩撥人一商量，決定今日再去錢府，對府上的人一一排查。有了沈捕快的線索，嫌疑人範圍縮小了一些，好在知道錢御史的死亡時間，根據錢府眾人的證詞，可進一步縮小範圍。

這件事情很快傳進府尹耳中，府尹笑道：「那姓沈的倒是識大體。」

「府君有所不知，沈捕快還要帶著女兒去錢府查案呢，姑娘家家的，成何體統。」

「胡說。事分對錯、分黑白，可分男女？」

「府君說的是，小人知錯。」

「錢家是官宦人家，幾個捕快去盤問，他們未必買帳。」

「啊，那……」

「走吧，本府也去錢家看看。」

第四章　錢府探案

在沈捕快與李四握手言和之後，沈嘉嘉也得以見到了本案最重要的證物，荷包。

荷包乃是靛青底色，上繡著纏枝並蒂蓮，裡頭放著幾種香草並幾顆相思豆。沈嘉嘉看罷，悄悄對乘風說：「看樣子像是送給情郎的。」

「妳懂的真多。」

沈嘉嘉托腮沉思：「聽錢府人說，夫人潛心禮佛，一向性情敦厚，與人為善，昨晚為何要打罵丫鬟，甚至威脅殺人？會不會與此事有關？」

乘風仔細想了想，說道「昨晚那個叫荷香的丫鬟，一口咬定夫人不會放過她，想必真的做了什麼虧心事。」

「另一個呢？」

「另一個丫鬟蘭香一直在安慰她，兩人後來一起想了許多辦法，越說越離譜。」

沈嘉嘉若有所思。

府尹到錢家時，沈捕快他們已經查問了大部分案發當天曾去過主院的奴婢，都有不在場證詞，此刻正等待錢御史的夫人、小妾與兩個兒子，以及他們的奴婢前來問話。因為此前已經問過一次了，所以今日捕快又來時，這些人都覺得耽誤時辰。直到聽說府尹親自來坐堂了，這才都急急忙忙過來。

府尹讓他們等著，他在正堂坐定，開口第一句話卻是：「哪一個是沈三娘？」

沈嘉嘉一愣，連忙站出來，福了福身道：「民女沈三娘，見過府君。」

府尹撫須笑道：「聽聞妳很有斷案之才。」

「只是小聰明，府君謬贊。」

「看來沈捕快教女有方啊，今日堂審，妳可隨意問話。」

「多謝府君。」

接下來府尹先傳喚了錢御史的妾室。那小妾保養得十分不錯，乍一看只有二十七、八歲，實際上是錢二郎的生母，錢二郎今年都十八歲了。

小妾紅著眼睛，因哭了兩日，嗓子有些沙啞。她說道：「郎君出事當晚，奴正在房間做他冬日穿的鞋襪，兩個貼身丫鬟在我房間裁衣裳，我們三人可互相作證。」

府尹看了沈嘉嘉一眼，沈嘉嘉會意，連忙問道：「妳們做到何時？」

「做到二更天，我喝了一點參茶，大約在亥時四刻睡下的。」

「事發前家中可有異常？」

「無、無異常。」說是這麼說，眼淚卻落了下來。

沈嘉嘉耐心道：「妳要把知道的都說出來，我們才能早日找到元兇，為妳郎君報仇。」

小妾哭道：「確實無甚大的異常。只是郎君與夫人又吵架了，夫人說要把我發賣了，因想到這事才沒忍住。奴自知福薄命淺，只希望夫人看在二郎的面子上，好歹可憐可憐我。」

「夫人經常說要賣妳？」

小妾沉默著點了點頭。

小妾離開後，府尹又傳喚了她的兩個貼身丫鬟，與小妾所述基本一致。

接著是錢御史的夫人馬氏。

馬氏比錢御史還大上幾歲，鬢角已有了白斑，因患有肺疾，常年服藥，此時面色發白，走路帶喘。馬氏稱自己晚飯後一直在佛堂念經，她的兩個貼身大丫鬟在隔壁做繡活，其間送過茶藥，可為她作證。

在被問及是否說過要賣掉小妾時，馬氏坦然承認，接著冷笑道：「諸位有所不知，這小娘經常挑撥二郎與我夫婦的關係，其心可誅！」

馬氏離開後，府尹傳喚了她的丫鬟，來的卻只有蘭香，另一個叫荷香的沒來。

沈嘉嘉挑了挑眉。

蘭香所述與馬氏基本一致。

沈嘉嘉問道：「荷香今日為何沒來？」

「今日一早就沒見過了，奴婢也不知她去了哪裡。」

「事發當晚妳與荷香一直在一起？」

蘭香猶豫了一下，才答道：「對。」

府君一看她的神態就察覺不尋常，重重一拍桌子道：「妳若不說實話，罪同包庇！」

蘭香撲通跪下了，急忙道：「府君明鑒，小人、小人只是……只是受荷香所托才如此說。她那天說出去有事，讓我不要告訴別人，尤其不能讓夫人知道。夫人對待佛祖虔誠，念經時不喜旁人打擾，因此並未發覺。」

「荷香有沒有說過去哪裡？做什麼？」

「小人真的不知啊！府君，小人所言句句屬實，您若是不信，待荷香回來與她對證。倘若小人有半句謊言，府君可隨意處置。」

接著來聽問的是錢二郎。錢二郎生得一副機靈樣，事發當晚在杏花樓吃酒，有一眾酒肉朋友作證，至亥時四刻才回來，有門房作證，沒有什麼疑點。

最後來的是錢大郎。錢大郎比錢二郎要木訥一些，他自稱前天因受了寒涼，身感不適，所以早早地歇下了，有小廝作證。

沈嘉嘉問道：「小廝是與你一起睡的嗎？」

錢大郎一臉尷尬。

謝乘風啄了一下她的耳朵，小聲說道：「妳個呆子。」

錢大郎：「不是，小廝睡在外間。」

「哦。那其間你醒過嗎？他醒過嗎？你們見過嗎？」

「沒、沒有。」

沈嘉嘉摸了摸下巴，點頭道：「所以，你們兩個都無法證明彼此一直都在房裡。」

錢大郎急了，忙對府尹說道：「府君明鑒，我怎麼可能殺害自己的父親！」

沈嘉嘉：「據我所知，錢御史對大郎要求嚴謹，經常訓斥，最嚴重的一次，打了你一頓板子，使得你半個多月下不了床，可確有其事？」

「有是有，可父親打我也是為我好，我怎麼敢有半句怨言？我……」

府尹舉手制止他繼續說下去，安慰道：「你放心，本府一定不會冤枉好人，自然，也不會放過惡人。」

沈嘉嘉拿出那個荷包，問錢大郎：「這個荷包，你可曾見過？」

錢大郎別開臉，「沒有。」

最後，府尹傳喚了錢大郎的貼身小廝。

小廝也是很早就睡下了，一覺睡到天亮。沈嘉嘉問道：「你那天生病了？」

「沒有啊。」

「那為何早早入睡？又睡的那麼沉？」

「啊，說來奇怪，小人近來確實時常感到睏倦，也請過大夫，大夫說我身體沒病，之所以犯睏，大概是因為季節關係，春睏秋乏。」

沈嘉嘉聽到這裡，眼裡精光一閃。

府尹反應也很快，招手叫來幾人：「去搜一下錢大郎的房間。」

幾個捕快去了，不一會兒回來稟報道：「府君，小人們在錢大房間搜到這些蒙汗藥。」說著將一個已經打開的紙包遞到面前。

府尹一瞧便笑了。

錢大郎被重新叫回來，府尹指了指桌上的蒙汗藥，似笑非笑地問：「你給小廝下藥，可是有什麼見不得人的勾當要做？」

錢大郎面色一變，跪下說道：「府君明鑒，我真的沒有殺害爹爹！我、我怎麼可能！」

「哦，那你倒是說說，前天夜裡，你到底在哪裡？在幹什麼？可有人證？」

「我與荷香在一起，她可以為我作證！」

「哦？」

「是真的！我倆、我倆已經私定終身了，之所以給小廝下蒙汗藥，是為了與荷香私會不被人發現。」

沈嘉嘉問：「所以，這個荷包是荷香給你的？」

錢大郎目光閃爍了一下，「不是。我沒見過這個荷包。」

就在這時，外頭有人急急忙忙跑進來：「府君、府君！方才井中打撈出一具屍體，正是那失蹤的丫頭荷香！」

死者荷香，十九歲，是被人擊中後腦昏迷，繼而頭朝下被推入井中窒息而亡，死亡時約莫是在子時到丑時之間。

眾人看著躺在地上的屍體，無人說話，但每個人心頭都冒出四個字：殺人滅口。

府尹喚來與與荷香同屋的蘭香，問道：「死者昨夜可有異常？」

蘭香從看到荷香的屍體便淚流不止，哭道：「昨夜荷香被夫人罰了，我生怕她想不開，夜裡與她說了許久的話，至三更才睡下。」

「哦？妳可知荷香為何被罰？」

蘭香低頭想了一會兒，似乎是下了很大的決心，這才說道：「我與荷香一同進府，十來年情同姐妹，如今我豁出去不敢有任何隱瞞了，只希望府君能為荷香做主。」

「說來聽聽，到底怎麼回事。」

「那荷包是荷香做的，昨日幾位牌頭拿著荷包來問時，夫人一眼就認出了是荷香的繡活，晚上逼問荷香，荷香招認了荷包是送與大郎的。夫人震怒，因害怕牽扯到大郎，所以嚴令她不許承認，還說倘若她說一句不該說的話，就送她去見菩薩。」

沈嘉嘉扭頭悄聲對乘風說：「倒是與你昨晚聽到的都對上了。」

謝乘風突然嘆氣。

「怎麼了？」

「倘若我昨夜晚些回去……」

「若是你拖到荷香被殺才回去，黑燈瞎火的你未必能看到兇手，倒是有可能撞十八次牆、二十八次樹。」

謝乘風氣得想用翅膀打她，「沈嘉嘉，妳想氣死我嗎！」

沈嘉嘉笑呵呵地偏頭躲開，乘風的翅膀尖撥到她挺秀的鼻樑，動作弄得有點親昵，搞得他也很尷尬，連忙收了翅膀不理她了。

因兩人的聲音很輕，嘰嘰咕咕的，旁人也聽不清楚在說什麼，無意間看到的人，只是覺得這鳥挺有趣。

府尹問荷香：「說這麼多，妳可有證據？」

「有的！荷香怕自己被滅口，提前寫了封信讓我保管，說她一旦有什麼不測，可把這封信交出去，到時自然真相大白。」說著，從懷裡小心地取出一封信，雙手呈上。

李四連忙將信接過來，檢查了一下有無異常，便呈給府尹。

府尹一邊拆信，一邊問道：「荷香會寫字？」

「會的，她讀過幾年書，夫人的帳都是她來記的。」

府尹看了一眼沈捕快，沈捕快會意，帶著人要出去找馬氏取帳本，剛邁開腿，又發覺一群男人去內宅行事多有不便，於是把女兒也叫上了。

帳本取得很順利，回來與荷香的信件一對，筆跡無誤，那信確實是荷香親手所書。

信上寫的內容與蘭香方才口述的基本一致，府尹核對完信件，緩緩吐了口氣，「來人，把錢大郎和馬氏帶上來！」

錢大郎與馬氏被帶回來，府尹讓人拿信件與他們對質，問道：「你二人現在還有什麼話可說？」

兩人都慌了，馬氏大呼冤枉，一邊喘氣一邊哭道：「老身吃齋念佛三十年，平日連螞蟻都不敢踩，怎麼可能殺人！昨夜也不過是嚇她一嚇。我清楚自己的兒子，他雖然木訥但本性善良，他不可能殺人的，更不可能殺害自己的父親！」

「經本官與手下多次推演，這荷包很可能是錢御史被人勒住時，情急之下從兇手身上拽下來的。許是出於的本能，抑或是存了留下證物的心思，他手裡緊緊地攥死了這個荷包，不曾被兇手發覺。關於這荷包，本官幾次詢問，你們幾次撒謊，難道不是心虛？」

錢大郎辯白道：「小人不敢承認，只是因為怕被冤枉。這荷包好幾天前就丟了。」

「哦？怎麼丟的？丟在何處？」

「我……我也記不得了……府君，我們真的是被冤枉的！荷香她肯定是被利用了，這封信肯定是假的，對，是假的！」說著就要搶奪沈捕快手裡的信件。

沈捕快只輕輕一抬刀鞘，刀柄撞到錢大的手腕，疼得他慘叫一聲。

府尹道：「將這母子二人帶回府衙，本官要仔細審問。另外留些人手在這裡，謹防有同黨。」

沈捕快應聲去安排，扭頭一看，發現女兒站在原地發楞。他拍了沈嘉嘉一下，說道：「三娘？走吧，這案子馬上要水落石出了。」

沈嘉嘉凝眉道：「爹爹，我總感覺這案子破得也太順利了。」

「那不好嗎？三娘，妳今日在府君面前露臉，也算是給爹爹長臉了。等爹爹理清了這裡，晚上買燒鵝給妳。」

「爹爹，我想再去那書房看看。第一次去的時候就覺著有些不對勁，又說不上來為什麼。」

「啊？好吧……」

兩人又去了錢御史遇害的書房。一邊走，沈嘉嘉問：「昨日我們離開之後，還有人來過這裡嗎？」

「不曾。這邊有人把守，倘若有人來過，應該知會我。」

書房與昨日他們離開時沒什麼不同，唯一有點變化的是，養在窗前的那缸荷花，葉子已經完全枯萎了。

沈嘉嘉站在窗前，托腮盯著那缸荷花出神。

沈捕快在旁感慨道：「花草也是通人性的，主人死了，他們也像霜打了一樣。」

「霜打了……霜打了……」沈嘉嘉重複這三個字，突然眼前一亮，伸手便蘸了一下缸裡的水，放在舌尖舔了一下。

沈捕快嚇了一跳：「三娘妳做什麼，回頭鬧肚子，妳娘能嘮叨一天。」

「爹爹，我們怕是真的抓錯人了。」

次日一早，沈捕快領著沈嘉嘉去了府衙。

案情有了重大進展，府尹的心情挺不錯的，見到沈家父女，笑問道：「你們可是又有什麼發現？」

沈捕快問道：「府君，那錢大郎可有招供？」

府尹微擰了一下眉，搖頭道：「母子二人俱是不肯認罪，不過，鐵證在前，他們不認也得認。」

「府君，實不相瞞，我們懷疑兇犯另有其人，馬氏與錢大郎確實是被冤枉的。」

府尹端茶的動作停頓住，表情變得嚴肅起來：「哦？」

沈捕快看了看沈嘉嘉，沈嘉嘉解釋道：「此案表面上看似是錢大郎殺死了錢御史，然後將錢御史偽裝成自禁。丫鬟荷香作為本案的知情者或者共犯，被錢大郎或馬氏滅口。」

府尹點頭道：「是這樣。」

「實際上，錢大郎的說的若是屬實，他那晚確實在與荷香私會，以及他的荷包早些天就丟了，那麼這個案子還有另一個可能。有人偷了錢大郎的荷包帶在自己身上，目的是在殺害錢御史時，留下這個荷包作為證據。就算錢御史當時沒有抓住荷包，兇手也可以用其他辦法把這個證據留在現場。甚至，現場的那片海棠葉子，也很可能是兇手留給我們的線索，目的是讓我們縮小嫌疑人的範圍，早日查到錢大郎與荷香。」

「那荷香留下的信件呢？也是兇手偽造的？小丫頭，妳可知，人的筆跡就算能模仿，寫字的心境卻是模仿不了。荷香那封留書，筆劃多有不穩，說明寫信的人慌張害怕，這是偽造不了的。」

沈嘉嘉笑笑道：「府君誤會了。我也認為荷香的留書是真的，然而這封信也恰恰是兇手希望我們看到的。如果我沒猜錯，就算馬氏與錢大郎不認罪，所有證據加起來，也足以給他們定罪了。」

府尹沒有否認這點，只是搖頭道：「妳說這麼多，全是憑空猜測，可有切實證據？」

「有的，府君請看。」沈嘉嘉說著，從懷裡掏出一個用手帕包裹的東西。

府尹定睛看去，發現她把手帕打開後，裡頭竟然又是一方手絹。心知這小丫頭不可能故意用兩方手帕戲弄他，此中不知有什麼蹊蹺，於是將手帕接來，仔仔細細地看。

一看之下發現，裡頭那手絹上掛著些小小的粉粒，細白如沙，晶瑩剔透，看著倒有點像上品精鹽。

「這是鹽？」

「不，這是硝石。」

「硝石？」

「正是，」沈嘉嘉點頭道，「我已找衙門外賣冰飲的老丈驗證過，府君若是不信，找他過來問問便知。」

什麼硝石、冰飲、老丈，府尹聽得一頭霧水，撫了撫額說道，「不急著找他，妳且仔細說來，到底怎麼一回事。」

沈嘉嘉指著手帕道：「這硝石乃是製冰的原料，夏日時大街小巷有許多推車賣冰飲的，有涼茶、果飲、酸梅汁，不知府君可曾見過。」

「見過，味道不錯……呃，妳說。」

「賣冰飲的人都知道，將硝石投入水中，便可使水凝成冰。」

「嗯，可這與本案有何關聯？」

「府君可知，這硝石是我從何處得到？」

「何處？」

「正是錢御史的書房裡，窗前有一口荷花缸。那荷花缸裡被人投了硝石，導致一夜之間荷葉齊齊凍死了。這帕子便是浸了缸裡的水，晾曬一日所得。我和爹爹因為沒什麼把握，又怕打草驚蛇，所以現在確認了才來同府君稟報。」

府尹不自覺地坐直身體，問道：「這是兇手幹的？目的為何？」

「鄭仵作是京城知名的仵作，人人都知道他判定死亡的時辰十分準確。我曾經請教過鄭仵作，他推算死亡時辰的根據之一就是天氣。倘若天氣熱，屍溫就降得慢，天氣冷，屍溫就降得快。錢御史的書房很小，兇手用硝石將那一缸水變成一缸冰，使得書房內很快變冷，加速了屍溫的下降，第二日官府發現屍體時，冰已經化完了，書房又恢復了正常。鄭仵作並不知有這一缸冰的影響，所以推斷出的死亡時間，與錢御史真確的死亡時間有出入。」沈嘉嘉最後總結道，「兇手針對錢大，偽造了死亡時間與現場證據，並且假的證據有真實的來源，這是一起堪稱完美的陷害。荷香也是被滅口的，因為她當時確實與錢大郎在私會，她是唯一可以為錢大作證的人。」

府尹聽完久久沒回過神。倘若沈三娘的猜測為真，那麼這幕後兇手的心思是何等的深沉歹毒！倘若是假……那麼荷花缸裡為什麼會有硝石？

府尹沉思片刻，說道：「沈三娘，非是我不信妳，只是此事牽連不小，我須得再派人前去查清楚。妳放心，本府會讓人看住了錢家上下，不會打草驚蛇。」

「府君所言甚是妥當。」

「依妳之見，倘若兇手真的另有其人，那麼會是誰？」

「小女不知。」

「……」府尹有些無語，猜都不猜一個嗎？

沈嘉嘉笑道：「我雖不知道，但是有一個人，該是知道的。」

從府衙裡出來，沈捕快還有事要忙，讓沈嘉嘉自己回家，又叮囑她不要亂跑，彷彿她還是個三歲稚兒。

沈嘉嘉答應完了爹爹，轉頭就去衙門外的街市閒逛，買了些吃的、玩的，又買了個堆紗頭花簪在髮間，然後笑著問肩上的乘風：「好看嗎？」

乘風也不理她。

沈嘉嘉沒在意，繼續逛街，走出去好長一段路，她在一個書攤前翻翻撿撿時，聽到耳邊乘風小聲說：「好看。」

第五章　嫁不得

且說府尹著人去錢府仔細勘驗了那缸荷花，回來又喚了鄭仵作詢問，這樣是否真的能夠達成目的。鄭仵作也是頭一次聽說這種手法，聽罷沉思道：「倒也並非絕無可能，只是兇手須得對仵作一行足夠了解。」

府尹心想，看來，此事多半被那沈三娘料中了。那姑娘小小年紀竟有這樣玲瓏機敏的心思，實屬難得。也不知她所猜測的知情者為何人，少不得又要把她請來府衙詳細商討。

就這樣，沈嘉嘉下午時又來了府衙。這次來時，身後還跟著個男人。那男人面皮發黑，身材瘦小。沈捕快一見到陌生男人跟著女兒，一陣緊張。那人進了衙門口，也甚是緊張，再被一個人高馬大的帶刀捕快盯著看，更緊張了，一個勁往沈嘉嘉身後躲。

沈嘉嘉見到府尹，行禮完畢，介紹那瘦小男人：「府君，此人是瓦舍裡的口技藝人，人送綽號『孫百鳥』，說的是他能模仿一百種鳥的叫聲。」

孫百鳥平生第一次和這樣大的官說話，十分拘謹地行了個禮，「見過府君。」

府尹好奇問道：「你真的能學一百種鳥？」

一提這些個孫百鳥便自信了許多，說道：「不止是鳥，只要是聲音，小人都能學。」說著，抬手掩口，隨便學了段山洪暴發的聲音。洶湧澎湃，滾滾如雷。在場眾人聽了都是一陣心驚，倘若沒有提前知道這聲音出自孫百鳥，怕是都已經開始往外跑了。

府尹點頭稱奇，接著又問沈嘉嘉，「沈三娘，此舉是何用意？」

沈嘉嘉笑道：「府君稍安勿躁，我想帶他見一見馬氏，順利的話，真凶今晚便能見分曉。」

到了晚上竟颳起了風。錢府先是死了家主，接著主母與少主人都被官府帶走，一下子弄得闔府上下陣腳大亂，外頭秋風怒號，一陣陣颳得人心惶惶。

這時候官府又派人來看管住他們，弄得誰也不敢輕舉妄動，怕稍有不妥，便會被當做同黨抓了去。

蘭香把荷香生前的衣裳用具都整理好了堆在床上，她不敢往那邊看，甚至不敢待在這個房間裡。她想換到別的房間睡，可管家多事，說是案子尚未查明，所有人都不許胡亂走動，讓她忍一忍。

她只能忍著。

晚上不敢熄燈，於是點了燈坐在桌邊縫衣裳，針腳縫錯了好幾次，最後放下衣裳，扶著桌沿出神。

風把窗戶吹開，在室內卷起一陣陰風，燭火被吹得忽明忽滅。蘭香起身，關好窗戶，一回身發現不知何時，門也被吹開了。

她壓下心中害怕，又去關門。關好門轉身，便看到桌邊憑空多出一人，嚇得「啊」的一聲尖叫。

那人桃衣綠裙，與白天從井裡打撈出來的荷香一模一樣，此刻披頭散髮，渾身濕漉漉的，隔著一丈遠，蘭香都能感受到她身上撲面而來的陰濕。

蘭香嚇得腿軟，她想拉開門逃出去，卻發現好端端的門，突然就打不開了！

她癱軟在地上，牙關打顫，結結巴巴道：「妳妳妳，誰誰誰……」

「呵，」那人笑了一聲，「妳不認識我了，我的好姐妹？」

因為那人頭髮擋著面龐，看不清臉，原本蘭香心裡除了九分害怕，還是存著一絲懷疑的，眼下聽到對方開口，她一絲懷疑也沒有了。就是荷香，她與她朝夕相處，這個聲音絕不會認錯！

荷香幽幽怨怨地說：「姐姐，妳知道嗎？井裡真的好黑、好冷啊……」突然語氣一變，厲聲道，「是妳！是妳害死了我！我把妳當親姐妹，妳卻害我性命！今日妳也死了罷，我們到陰間，繼續做姐妹！」

「不是我不是我，」蘭香嚇得哭喊道，「不是我！」

「妳不僅害死了我，妳還想害死大郎，既然妳這樣沒心肝，那我不如今日把妳的心肝都挖來吃了吧……」

「啊啊啊不是我！是二郎，是二郎殺了妳啊！是他從身後打了妳的頭把妳推進井裡，妳只是沒看到！我是親眼所見的！大郎也是他陷害的，妳去找他啊！」

「哈，妳已經騙我做了鬼，如今還想讓我信妳？」

「是真的！我只是幫二郎遞些個消息，他說事成之後可分我三成家產，他給我立過字據的，字據、字據……」蘭香說著連滾帶爬地蹭到床邊，往床板底下翻了翻，翻出一封信遞給她，「妳看！他才是罪魁禍首！」

荷香並沒有接信，而是陰惻惻地說：「所以，是妳把我的祕密都告訴了他。他該死，妳也該死。」

蘭香兩眼一翻，嚇得暈了過去。

此時，門從外面推開，府尹身後跟著捕快並沈嘉嘉等人，走進房間。

「荷香」撩開頭髮，露出一張黑黢黢的面皮，有些討好地問道：「府君，小人學得可好？」

原來此人正是那孫百鳥，今日見了馬氏，根據馬氏的描述習得荷香的聲音，一開始學得不甚像，在馬氏的糾正下一點點改正，只改了十幾次，便能以假亂真了，連馬氏都分不清楚。

「嗯，不錯，」府尹點點頭，扭臉問沈嘉嘉道，「妳是怎麼猜到蘭香有問題的？」

「兇手想要用這個方法陷害錢大郎，需要準確掌握錢大郎的行蹤，尤其是他與荷香私會的時間，這種私密的事情除了錢大郎與荷香本人，其他人很難知曉。倘若有，那大概也只能是被荷香視作姐妹的蘭香了。除此之外，荷香與蘭香深夜長談，當晚便有了留書，隨後又被殺害，留書剛剛好成了最關鍵的證據，這一切都太巧了，使人不得不多想。我猜測，這留書也是蘭香攛掇荷香寫的，荷香以為寫這封留書可以作保命符，卻沒想到，反成了她的催命符。」

沈嘉嘉說話時，沈捕快彎腰，從暈倒的蘭香手裡拿起那個信封，拆開看了一遍，裡頭確實是錢二郎立的字據，大意是倘若他錢二郎主持錢府，可將錢家產業的三成分給蘭香，具體原因沒寫，底下簽了名字與指印。以沈捕快處理民間糾紛的經驗，他覺得這蘭香怕是被錢二郎騙了。

字據倒是真的字據，可這等大事，立字據通常需要有威望的人作見證，若無見證，往後撕扯起來難免橫生變數。

不過，這種見不得人的勾當，實在也沒辦法找人做見證。這字據真是令人哭笑不得。

府尹一聲令下，眾人立刻拘了錢二郎回去連夜審問。那錢二郎也是有骨頭的，咬緊了牙關一句話也不說。到第二日，沈捕快從衙門裡回來帶了句話給沈嘉嘉。

「那錢二郎說要見妳。」

這是沈嘉嘉第一次走進牢房。

裡頭光線昏暗，大白天裡顯得晦暗陰森，因通風不暢，牢房裡處處彌漫著潮濕的霉味，還有一股難以名狀的臭烘烘的味道。

謝乘風站在沈嘉嘉肩頭，打了個噴嚏，抱怨道：「這是什麼鬼地方。」

沈嘉嘉抬手用食指摸了摸他的頭，他默默地閉了嘴。

李四走在沈捕快身邊，悄聲對他說道：「你家這鳥成精了？」

沈捕快抬手點了點自己的太陽穴，「這鳥有瘋病，天天胡說八道。」

錢二郎犯的是殺人罪，牢房在最深處。沈嘉嘉到時，見他正靠牆看著窗戶發呆。小小的一塊窗戶，像月亮一樣明亮又遙遠。

沈捕快與李四留沈嘉嘉在牢房，他們倆在外頭不遠處能看到她的地方等著。

錢二郎收回視線，看了眼沈嘉嘉，淡淡說道：「妳來了。」

如今他被用了刑，憔悴了許多。沈嘉嘉看他這樣子，嘆了口氣道：「現下人證物證俱全，你……你還是招了吧，免得吃苦頭。」

錢二郎慘然一笑，「成王敗寇，我自然認了。妳答應我一件事，我便畫押。」

「哦？什麼事？」

「我若死了，我娘定然會被他們害死。」

沈嘉嘉一聽此話似是有些深意，問道：「『他們』指的是誰？是馬氏和錢大郎嗎？你是為了你娘才去陷害馬氏母子的？」

錢二郎沒說話。

沈嘉嘉還是覺得有些費解，「兄弟相爭，何至於鬧到如此地步？」

「我也想知道，何至於此啊。那馬氏將我娘視作眼中釘，平時欺她辱她也就罷了，到後來幾次三番想賣掉她。在他們眼裡，我們母子二人哪裡是人，分明是他們錢家養的兩條狗。不，還不如狗，倘若是錢家養的狗，定然是捨不得賣的。」錢二郎越說越恨，語氣慢慢變得尖銳。

沈嘉嘉忍不住說道：「馬氏說賣你娘，可能也是說說氣話……」

錢二郎便不言語，只看著沈嘉嘉，那眼神，彷彿在看一個天真頑童。

沈嘉嘉有些慚愧。他自己的家事，他定然是比旁人清楚的。

「她偷偷找過人牙子，不僅要賣，還想遠遠地賣到煙花柳巷。她只當我不知道。吃多少齋念多少佛，做多少假善事，也掩不住此人的骯髒惡毒。」錢二郎說到這裡嘆了口氣，「妳一個未出閣的姑娘，不知道後宅裡頭磋磨人的手段，但願妳永遠不會知道。」

「可是，就算你恨她，你爹是無辜的。」

「無辜？」錢二郎嘴角一扯笑了，「他但凡有一點把我娘當個人看，我娘也不至於淪落到這般田地。倘若殺了馬氏，他還能風光再娶，我和我娘這輩子都只能當錢家的兩條狗。既然如此，不如直接把他殺了省事。那馬氏，就留條活路，讓她一輩子活在家破人亡的痛苦裡，豈不是更好？」他越說越激動，說到最後彷彿真的看到了馬氏的痛苦，哈哈哈地狂笑起來。

沈嘉嘉甚至覺得他有點可憐。

笑完了，眼裡流出了淚花。他抹了把眼淚，說道：「若沒有妳，我早已成功了。」

沈嘉嘉說：「我覺得，人生在世難免有許多的不容易，但這不能成為害人的理由。」

錢二郎又扯嘴角，一扯嘴角眼淚又流了出來，「若是有得選，誰不願做個好人呢。」

沈嘉嘉也不知現在該安慰他還是斥責他，想了想，問道：「你先前說讓我幫你做件事，是什麼事？」

「我希望妳能幫助我娘離開錢家，安頓好她。」

「我？」沈嘉嘉呆了呆，「我與你非親非故，你憑什麼覺得我會幫你？」

錢二郎笑了：「就憑妳是個好人啊。」

沈嘉嘉被他說得一愣。

「我從見到妳的第一眼，就知道妳與他們不一樣。妳的眼睛裡乾乾淨淨的，未曾被這俗世侵染。我娘從小嬌生慣養，生性懦弱，又遭馬氏嫉恨，倘若我不在了，她怕是也活不了幾年。

沈三娘，我娘的生死，全在妳的一念之間。」錢二郎說著，竟然跪下了。

沈嘉嘉有點無措，連忙扶他，「可是……我一個弱女子，我也不知道我能做什麼，你就沒有別的人可託付了嗎？」

「倘若有人可托，也實在不會麻煩妳一個弱女子。我娘是罪官之女，我那些酒肉朋友，不提也罷。」

沈嘉嘉一陣為難。她雖然聰明，到底閱歷有限，也不知這種事她有沒有能力去做，不敢隨便答應。

乘風在她耳邊悄聲說：「不要答應他。」

「啊，為什麼？」

「他就是吃定了妳心軟，這人快死了還耍心機。」

「可是……」可是，這人是該死，他的娘卻不該死吧？

乘風見她猶豫，有些恨鐵不成鋼地叼她的耳朵，「妳呀妳。」

沈嘉嘉一邊輕輕按住乘風的頭，一邊對錢二郎說道：「我只能盡力去做，至於成與不成，卻是不敢保證。」

「多謝。娘子的大恩大德我今生無以為報，若有來世，定當做牛做馬——」

「做牛做馬倒也不必，來世做個好人吧。」沈嘉嘉說到這裡，突然想起一事，「我還有一個問題不明白。」

「娘子請說。」

「你鮮少接觸仵作一行，以硝石投水的方法來誤導死亡時辰，這是從何處學來的？受了何人指點？」

「娘子湊近一些，我與妳說。」

沈嘉嘉走近了些，與他面對面。錢二郎微微朝前探身，謝乘風感覺他這個動作十分危險，想也不想地伸出鳥頭去啄他眼睛。錢二郎嚇了一跳，幸好反應快，往後仰了腦袋才避開。

沈嘉嘉連忙把乘風攔住，又怕他鬧，乾脆直接取下來按在懷裡抱著。謝乘風不高興地掙扎，無果。

錢二郎複探過身來，湊到沈嘉嘉耳邊說了句話。

謝乘風被沈嘉嘉按著，什麼也聽不到，快氣炸了肺。

沈嘉嘉從牢房出來，被帶到一處花廳，府尹一會兒要見她。沈捕快與李四各有事情，都去忙了。

花廳裡便只餘沈嘉嘉與謝乘風。沈嘉嘉把乘風放在桌上，拿了桌上的點心與茶水來餵他，他偏頭看也不看，也不說話。

沈嘉嘉知他還在生氣，掏出小荷包，倒出幾顆剝好的既乾淨又飽滿的瓜子，問道：「餓了嗎？吃一個？」

謝乘風翻了個白眼。這個鄉巴佬，沒良心，又想用這些玩意哄他，虛情假意！呵呵，爺今天就哄不好了！呃……

沈嘉嘉又親了他。

謝乘風呆了呆，然後扭過身體，小聲地說了句：「輕浮。」

沈嘉嘉拄著下巴，溫溫柔柔地道：「我知道你方才是為我好，是我太著急想知道答案了，對不住，你不要生氣了好不好。」

謝乘風想到正事，便問：「他剛才到底對妳說了什麼？」

提起這個，沈嘉嘉露出了困惑的表情，他說……

——妳鬥不過他。

沈嘉嘉將與錢二郎的談話內容大致與府尹說了，說完道：「我懷疑有人教唆錢二郎，他最後與我說的那句話太奇怪了，府君不妨再查一查。」

這府尹浸淫官場多年，也有自己的算計：此案已驚動朝堂上下，越早結案越好。不管錢二郎背後有沒有人教唆，他殺人是事實，殺人動機也很明確，到這裡完全可以結案。倘若僅憑一句話繼續追查，真能查出結果還好，若是一無所獲，那豈不是畫蛇添足？

府尹含糊道：「嗯，我心裡有數。」

「還有一事，我答應幫助錢二的娘親脫離錢家，不知府君可否通融一二。」

「這個好說。」

這種事情是別人的家事，沈嘉嘉不好插手，但府尹可以，他畢竟是父母官。

第二日，錢禦史被殺案火速得到宣判：錢二郎弒父害兄，罪大惡極，判死刑；共犯蘭香刺配一千里；錢大郎隱瞞不報，影響辦案，理應杖責二十，念在其接下來要為父親辦理喪事，刑罰就免了；由於此案根源在於錢家主母與妾室不睦，判妾室吳氏離開錢家，由馬氏與錢大郎共同簽立文書。

沈嘉嘉獲得了衙門的嘉獎，二十兩紋銀，沉甸甸的兩錠。她揣著銀子回家，整個人都輕飄飄、美滋滋的。

一到家，沈嘉嘉發現她娘已經回來了。

「娘，妳怎麼回來了？」

朱二娘子臉色掛著淡淡的愁容，「三娘，妳過來，我有話與妳說。」

沈嘉嘉乖巧地走過去，坐在她娘身邊，問道：「何事？」

「我今日見到妳姑姑了，她與我說，近日聽聞妳經常在外走動，拋頭露面的，她覺著不好。」

沈嘉嘉稀奇道：「我又不是什麼大家閨秀，拋頭露面怎麼了。」

「妳也知道，妳表哥明年就要秋闈了，妳……」

她沒繼續說下去，沈嘉嘉卻是聽得明明白白，臉色一沉道：「他家要娶大家閨秀，自去娶唄，與我又有何關係。」說著，把兩塊銀子掏出來把玩，「我就是要拋頭露面！」

朱二娘頭疼道：「妳這狗臉，到底隨了誰。」

謝乘風頗能理解朱二娘。這女孩哪都好，也挺通情達理的，就是有時候說到她不高興的地方，毫無預兆地就生氣，讓人猝不及防。

一開始謝乘風也有點不適應，後來又覺著，女孩子有點小脾氣，也挺可愛的。

朱二娘指著銀子問道：「哪來的這麼多錢？不會是撿的吧？」

「府君給的，乃是嘉獎我斷案有功。爹爹的升遷想必也有眉目了，娘，妳別總想那些事，今晚做些好吃的，我們一家人好好樂一樂。」說著，把一錠銀子塞給她娘，「喏，拿去花。」

朱二娘被她逗的「噗哧」一笑，不僅接了銀子，手一伸把她另一錠銀子也拿來了，笑道：「妳一個小孩兒，拿這麼多錢有什麼用，我替妳存著。」

到了晚間，朱二娘果然做了許多菜，還買來一壇酒。沈嘉嘉嘴饞喝了兩杯，再要倒第三杯時，朱二娘便攔著不許喝了。雖只喝了兩杯，卻也染了一層薄醉，秀氣的臉蛋成了桃花色，清潤的水眸也變得有些迷離。

她這樣子，謝乘風不敢看，又莫名地忍不住看。

吃過晚飯，沈嘉嘉給乘風添了些食水。

謝乘風站在架子上，與她離得很近。他看著她挺翹的睫毛和紅潤的嘴唇，突然開口：「妳與妳表哥定親了？」

沈嘉嘉挺意外乘風怎麼突然問這個，她搖頭道：「沒有，只是兩家父母都有這個意思。」

「妳不能嫁給他。」

沈嘉嘉一愣，笑道：「為什麼？」

「因為……兒子的功名八字都還沒有一撇呢，做娘的就著急立規矩，這樣的人家嫁不得。」

沈嘉嘉不置可否，只是說道：「你一隻鳥，懂得比人都多。」

「總之妳不許嫁他。」

第六章　長公主府

沈嘉嘉次日去見了吳氏。

吳氏方從錢家離開，此時下榻在客棧裡。錢家出了子殺父的醜聞，現下又是新判的案子，自然是乾乾脆脆放人，還允她帶走了一個丫鬟。不過錢家倒也不虧，只許吳氏拿了些許盤纏在身上，其他梯己全歸了馬氏。

吳氏知道自己兒子被抓，眼前這個三娘居功至偉，因此對沈嘉嘉的想法頗複雜。

沈嘉嘉道：「我是受錢二郎所托，他在外頭積累了一些私產，如今全交予娘子。」

那吳氏一聽到兒子，眼淚又止不住地流，引得丫鬟紅著眼睛勸她。

沈嘉嘉將錢二郎的私產大致說了，有些不方便接手，有些現在就能悄悄地變賣掉，「京城不是久居之地，娘子宜早些將這些財產變賣，找個落腳的地方。」

吳氏邊垂淚邊點了點頭。

「不知娘子打算往何處去？」

「我想回蘇州。」吳氏答道。

丫鬟在旁解釋：「我們娘子原是蘇州人。」

沈嘉嘉想了一下，問道：「錢家在蘇州可有勢力？」

「有勢力倒也談不上，不過錢家有親戚在江南做生意，對蘇州想來是熟悉的。」

「那麼蘇州是不能去了。」

吳氏與丫鬟都明白了沈嘉嘉的意思。眼下他們是安全的，不代表以後錢家不找後帳。要去，就得去一個錢家的手伸不到的地方。

「去洛陽吧，」吳氏說道，「我爹曾經在洛陽做官。」

接著沈嘉嘉又與她二人商量了一下細節，如何把錢二郎留下的私產變現成銀票、如何低調地避人耳目、如何雇傭鏢局護送她二人安全到洛陽，諸如此等。甚至，沈嘉嘉還建議她們雇兩個鏢局，明著去蘇州，暗地裡去洛陽。

沈嘉嘉可真奸詐啊，謝乘風立在她肩頭想道。他心裡竟然有種莫名其妙的驕傲。

吳氏與丫鬟雖然都比沈嘉嘉長了許多歲，奈何常年待在深宅大院裡，對市井之事了解不多，因此聽得不住點頭。

沈嘉嘉從客棧出來，仰頭望瞭望天空，站在陽光底下兀自出神。

謝乘風問道：「想什麼呢？」

「我在想，富貴人家每天錦衣玉食，卻也有許多的身不由己。」沈嘉嘉頗為感慨。

謝乘風：「嗯，倒不如妳這樣來得好，走街串巷，活蹦亂跳。」

沈嘉嘉「噗」的一聲笑了，扭臉看乘風。兩人臉對著臉，離的極近，沈嘉嘉的盈盈笑意全撞進了謝乘風的眼睛。

沈嘉嘉笑道：「乘風，嘴巴怎麼突然變甜了？」

謝乘風扭開鳥頭也不回答，沉默一會兒，突然說：「隨我去個地方。」

半個時辰之後，沈嘉嘉立在一座威嚴的、高大的，她覺得自己一輩子都不可能有機會走進去的，且此刻有重兵把守的大門前，呆住了。

她問肩頭的乘風：「你要我陪你來的就是這個地方？信陽長公主府？」

「嗯，妳去，跟看門那幾人說話。」

「說什麼？」

「就說妳能幫謝乘風治病。」

「咦，他還沒死？」

「……」一想咬人。

沈嘉嘉想著眼下也無事，果然去與守門的大哥說，自己能幫謝乘風治病。

那守門的兵士竟然沒有轟走她，反而將她領進門內，交給了一個伶俐小廝。

沈嘉嘉困惑地問小廝：「這就放進來了，怎麼不盤問我一下？」

小廝笑道：「近日長公主府廣發告示，凡能診治我家小郎君者，皆有府中專人招待，一日兩餐一宿，倘若果然能救起小郎君，定有重謝。小人這就帶娘子去見總管，這邊請。」

沈嘉嘉心道，白吃白喝，哪有這等好事，若是被人發現她是個蹭飯的，怕是不能干休，還是趕緊走吧！

說著就告辭要走，哪知剛到門口，外頭的兵士蛇矛一伸擋了出路，接著虎視眈眈地看她，恍如金剛怒目。

沈嘉嘉打了個機靈，轉頭悄聲對乘風道：「你害苦我也！」

謝乘風立在她肩頭涼颼颼地說：「哦，原來妳沈嘉嘉也有怕的事情啊？」

小廝依舊笑嘻嘻的：「娘子，這邊請。」

沈嘉嘉雖然聰明，畢竟年紀小見識少，這會兒也沒什麼好辦法，只得先隨小廝去見總管，邊走邊想對策。

公主府著實不小，一路蜿蜒曲折地穿過走廊、花園、拱橋，沈嘉嘉看得目不暇給，終於走進一間花廳。

廳內男女老少已有七、八個，衣著各異，面前都擺著茶點。

沈嘉嘉懂了，這恐怕都是來蹭飯的。長公主可真大方。

她坐下沒多久，廳內來了一中年男子，男子和顏悅色的，自稱是長公主府的總管，問眾人姓什麼名誰，何方人士，診治方法為何，云云。

眾人一一介紹，有說自己會念經驅邪的，有說自己會煉製靈丹妙藥的，還有說自己有祖傳金方包治百種病症的，總管一邊聽一邊點頭，面上卻是神色淡淡。

輪到沈嘉嘉時，沈嘉嘉抬手摸了摸乘風的鳥頭，說道：「謝公子多日未醒，可能是魂魄無法入體。我這鳥通曉人言，能溝通陰陽，略可一試。」

「哦？」總管起身走到沈嘉嘉面前，盯著她肩上的鸚鵡說，「那我要考考你。」嘴上說著要考考你，臉上卻寫著「看我不揭穿你」。

謝乘風懶洋洋道：「隨便。」

「三加五會是幾？」

謝乘風有生之年第一次被問這樣的問題，他的尊嚴有些受創，以至於反應慢了一點。

這在總管眼裡就是答不上來。他呵呵笑了一聲，搖頭道，「來人，把這個——」

「八。」

「呃……一匹馬有四條腿，那麼八匹馬有多少條腿？」

「三十二條。」

總管彷彿看到這鳥在翻白眼。不管如何他終於信了，「娘子稍候，小人這就去回稟長公主。」

「有勞了。」

之後沈嘉嘉悠然安坐，引來周圍不少羨慕嫉妒的目光。她一邊吃茶點一邊感慨，「不愧是長公主府，點心比街上買的精緻好吃。」

「妳喜歡？」乘風問。

「嗯。」

不久，總管去而複返，對沈嘉嘉說：「快隨我去拜見長公主！」

沈嘉嘉覺得，倘若讓爹娘知道她靠著一隻鳥和一張嘴混進長公主府騙吃騙喝，還見到了長公主，那麼爹娘的肯定先是驚得下巴落地，再來則是打斷她的腿。

沈嘉嘉不敢被人瞧出破綻，亦步亦趨地跟著總管來到另一間花廳，這間花廳別致典雅，廳內浮動著一股若有似無的香氣。

「民女沈氏三娘見過長公主殿下。」沈嘉嘉行禮，眼睛盯著地毯。

「妳抬起頭來。」一道溫柔親和的聲音說。

沈嘉嘉抬頭，見廳內四、五個人圍著伺候，只有一人坐著，坐著的那人衣著髮飾倒不算奢靡，想來都是日常裝扮，卻也難掩那一身雍容貴氣。

沈嘉嘉觀察長公主時，長公主也在瞧她。只見這女孩作男裝打扮，身段風流，姿容明秀，粉黛不施，自有一股天然靈動的氣質。

謝乘風動了動鳥身，長公主的目光這才從沈嘉嘉臉上轉到他身上。

「妳這鳥……」

沈嘉嘉連忙把那套說辭又說了一遍，說完又強調：「也只是試一試，並無十分把握。」

長公主點頭道，「走吧，我也去看看。」

於是又移步去那謝公子的房間。

這次倒沒走多久，沈嘉嘉一路上也不敢與乘風嘀咕，怕有人耳朵太好聽了去，她就這麼板著臉高深莫測地進了那個陌生男子的房間。

謝乘風的臥房格局明闊，一應陳設有一種內斂的精緻奢華。比如那床，黑漆描金，比如那帳，名貴綾羅，再比如床前，半人多高筆直細長的一根杆子上頂著一片綠漆小荷葉，荷葉栩栩如生，上飄著絲絲縷縷嫋嫋青氣，原來是一隻精巧別緻的小香爐。

沈嘉嘉參觀完謝乘風的房間，心裡只餘下四個字：不虛此行！

乘風在她耳邊嘮叨：「呆子！看人，妳盯著香爐看什麼……」

早有小廝打起床帳，沈嘉嘉挪到床前，裝模作樣地看床上的人。

床上那人生得面容俊逸，眉飄入鬢，長睫若羽，鼻樑挺直，唇角帶翹，實在是少見的好看，只可惜多日昏睡，面色難免有些憔悴。

這樣好的相貌，卻是活不長了，沈嘉嘉心內暗道一聲可惜。

耳邊乘風突然問道：「此人如何？」

「自然是芝蘭玉樹，風姿卓越。」

謝乘風鳥腦一熱，脫口而出道：「與妳可還般配？」

乘風這話說得莫名其妙，偏偏音量還不低，身後眾人應該能聽到。

沈嘉嘉轉過身，尷尬地看向長公主，「這潑鳥頑皮，長公主莫見怪。」

長公主起初一臉疑惑，接著突然恍然點頭，「喔，我懂了。」

沈嘉嘉困惑。

怎麼就懂了？懂什麼了？雖然不知道長公主在想什麼，但總感覺她的想法會很危險啊……

長公主：「牠的意思是不是想讓妳與我兒沖喜？」

「不是……」沈嘉嘉更尷尬了，忍不住屈起手指，用食指的骨節敲了一下乘風的鳥頭。

謝乘風忽地飛開，落在桌上說道：「其他人出去，我要與長公主單獨說話。」

長公主摒退眾人，沈嘉嘉也隨之出去。

室內再無旁人，長公主有些緊張又有些期待地問道：「仙人，可是聽到我兒說了什麼？」

「娘……」

長公主眼眶一紅，眼淚撲簌簌落下。

謝乘風也有些傷感。

長公主：「是了！我兒痛苦煎熬之下，定然是會喊娘的！你接著說。」

「我就是你的兒子。」

「我自然是知道的，還有呢？他還說了什麼？」

「我的意思是，我一覺醒來變成鳥了！就是妳面前站著的這隻！」謝乘風的傷感被打擊得七零八落。

長公主如遭雷劈，握著手帕呆呆地看他：「啊？」

謝乘風無奈地把那天的遭遇解釋了一遍。

長公主聽罷，呵地一聲冷笑，「當我是傻子？好好的人怎麼會變成鳥？那女孩多半是個江湖騙子，這鳥就是調教好來行騙的，我懂得很！」

謝乘風莫名有些氣：「妳的小名叫豬草。」

長公主：「……」

她生下來只有三斤不到，體質羸弱，太醫說難養活，先帝就取了這樣一個賤名，後宮上下喊她豬草喊到四、五歲，那時她懂事了面皮薄，嫌棄豬草不好聽，鬧了幾次終於沒人再喊了。如今多年過去，除了極親近之人，怕是沒幾個人知道她的小名了。

要在平時，有人膽敢叫她豬草，她早就翻臉了。此刻，長公主卻流淚問道：「你、你真的是我兒？你且說說，你的小名叫什麼？」

「……一定要如此互揭瘡疤？我都變成鳥了。」

「我兒好命苦，怎麼會變成這樣！」

謝乘風寬慰她幾句，長公主漸漸止住淚水。謝乘風問道：「我爹呢？」

「今日恰好出門會友了。我兒，這些天過得怎樣？」

「還不錯，沈嘉嘉待我挺好的。」

「沈嘉嘉？就是那沈三娘？」

「嗯。」

長公主點了點頭，「是你自作主張想讓她給你沖喜吧？這倒也不是不行，只是須得先看看她的八字。」

「不是……」

「啊，你不想娶她？」

「我……」

沈嘉嘉在長公主府的花園裡遊玩了半個多時辰，謝乘風找到她時，她正坐在湖邊餵魚，身後是棵垂柳，柔絲千條，隨風搖曳，正如人的心事，柔情搖盪，千迴百轉。

謝乘風站在假山上偷偷看她。

沈嘉嘉眼神相當好，撒完魚食一抬頭便看見了他，她朝他招了招手。

謝乘風飛下來，習慣性地立在她的肩頭。

沈嘉嘉卻將他摘下來，捧著他與他對視，突然開口：「你就是謝乘風，對嗎？」

謝乘風默了默，問道：「妳什麼時候發現的？」

「也是剛剛才想通的。你執著於來長公主府，對這裡很熟悉，要求單獨與長公主說話，這一切都表明你與長公主府關係匪淺，再聯想到你出事那天發生的一切，」沈嘉嘉說到這裡，無聲地嘆了口氣，「我早該發現的，我真笨。」

謝乘風連忙安慰她，「這種事情聞所未聞，妳沒往那方面想也屬人之常情。能這麼快想通，已經算是聰明絕頂了。」

「你為什麼不告訴我呢，告訴我你其實是個人。如果你說了……」

如果你說了，我也不會對你做那些事情啊！

沈嘉嘉回想了一下自己對謝乘風做過的事，她摸過他、抱過他、親過他，啊啊啊啊啊！

謝乘風發現沈嘉嘉的臉漸漸染上紅暈，桃花般撩人心弦。他問道：「沈嘉嘉，妳莫不是害羞了吧？」

沈嘉嘉沒說話。

謝乘風忍不住大笑。笑完心想，怎麼會有這麼可愛的人兒。

沈嘉嘉咬牙看著他。決定了，她今晚要喝鸚鵡湯。

長公主本想留沈嘉嘉玩一、兩日，但沈嘉嘉怕爹娘擔心，所以婉拒了，長公主便遣人送她回家了。

肩頭少了一隻鳥，沈嘉嘉多少有點不適應。

待到日薄西山，謝乘風的爹爹，長樂侯謝炯回到家，發現自己兒子竟然變成了鳥，簡直晴天霹靂。

父子相認過後，謝炯為難道：「這可如何是好？」

長公主問道：「不如明日請大相國寺的高僧前來作法試試？」

謝乘風不大同意：「高僧不是說我已經投胎了嗎？」

「那是以前，再說了，」長公主打量了下他，「你這樣，他也算說對了一半。」

謝炯建議道：「近來聽聞玉宵觀的道士頗有神通，不如請來試試？」

謝乘風問道：「暗害我的幕後黑手可查出來了？」

「尚未。那馬已經死了，我們什麼證據都沒找著。」

謝乘風心想，回頭找沈嘉嘉試試。他對爹娘說：「那我們又焉知這幕後黑手不會通過和尚、道士來做文章？」

「呃……」夫妻兩人一籌莫展。

長公主想到白天的沈嘉嘉，試探著問道：「要不試試沖喜？」

謝炯有些猶豫，「這……行嗎？」

「萬一呢！今日來咱家的那沈三娘，就是收養乘風的女孩，長得也周正，雖出身小門小戶，說話行事倒也大方得體，她既然收養我兒，說明兩人有緣分，要不我們——」

謝乘風急忙打斷：「不行！」

「為何不行？」謝炯有點奇怪，怎麼兒子反應那麼大。

謝乘風解釋道：「人家也是爹生娘養的，也是爹娘的眼珠子，這麼多年捧在手心裡長大，突然讓她嫁給一個半死不活的人，她得有多委屈？我們這不是以權勢欺人嗎？」

長公主不以為然：「你又怎知她家不喜歡這樣的權勢？」

「我自然知道。」

「你問過了？」

「我不必問。我清楚她，她與那些旁人不一樣。」

謝炯聽著覺得有些不對，「那沈三娘好歹是個未出閣的姑娘，你怎麼能直呼人家閨名呢。」

謝乘風心想，誰讓她先喚我乘風的。他想著沈嘉嘉含笑喚著他的模樣，心頭微微有些異樣。一家三口也沒討論出個結果來，謝乘風晚上在自己的身體上睡覺，以期一覺醒來能換回來。第二日一早醒來時，自然，他還是隻鳥。

長公主給她的鳥兒子下了禁令，不許他亂跑，還囑咐府上的人看緊了她這個新得的「愛寵」。謝乘風十分不自在，之前流落在外都沒覺得這般拘束，怎麼一回家反倒像是住進了一個大鳥籠子。沈嘉嘉都沒讓他住過籠子呢。

雖然長公主的出發點是好的。

謝乘風忍了一天，到下午時，攛掇他娘：「沈嘉——沈三娘平時對我多有照顧，不如娘幫我派人送些點心給她？就送昨日我們吃的那些吧。」

長公主似笑非笑地看了他一眼，謝乘風心虛地撇開鳥頭。

其實他還想送些別的玩意，比如他房間裡有一個一尺多長的鍍金寶船，是照著海船的樣子做出來的，沈嘉嘉一定喜歡。可惜現在送這些怕引人疑心，只好等他變回去再說了。

長公主喚來自己的貼身大丫鬟，吩咐了幾句，那丫鬟便下去安排了。過了約莫一個時辰，丫鬟奉茶時，欲言又止。

長公主問道：「有事？」

謝乘風直覺出事了，他假裝用爪子扒著瓜子玩，實則豎起耳朵聽著。

丫鬟道：「方才遣了人去給沈三娘送點心，點心已送到了。來人回報說沈三娘家裡出了些事。」

「哦？什麼事？」

「那沈三娘的娘親朱氏下毒藥死了人，如今已被官府捉拿了。」

「這——」長公主剛說了一個字，忽感到眼前刷地一下掠過一道白影，彷彿一隻白耗子駕著閃電飛向門外。長公主愣了一下才反應過來，對著門口焦急道：「你給我回來！」

……那鳥兒子早就沒影了。

第七章　周府疑案

因長公主府上下都想捉他，謝乘風經歷了一番波折才趕回沈家，此時天也快黑了。他回到沈家時，正好與外出歸來的沈氏父女撞上，沈捕快精神不濟，這時竟沒有罵他，只是看了他一眼便抬腳進門了。

謝乘風默默地落在沈嘉嘉肩頭。

他隨著沈嘉嘉回到她房間，沈嘉嘉關上門時，聽到肩頭上的他溫聲問道：「到底發生了什麼事？」

沈嘉嘉壓抑了半天的情緒終於憋不住了，淚珠不斷滾落，臉上滑下兩道清溪。

謝乘風看得快難過死了。

沈嘉嘉一邊哭著，斷斷續續地講了事情經過。

原來今日是那周侍郎的夫人楊氏的壽辰，因楊氏喜食螃蟹，午飯時朱二娘子做了一道蟹生。江氏吃蟹生時還在稱讚朱二娘子的手藝，哪知飯沒吃完便突然口不能言，四肢麻痹，倒地不起。底下人唬得一團亂，上前扶起她一探鼻息，竟然斷氣了！現下已把所有相關人都看住了，但是朱二娘子嫌疑最重，被官府抓去了大牢。沈嘉嘉方才出門是給娘親送些衣物吃食。

謝乘風疑惑道：「有干係的人那麼多，為何說妳娘親嫌疑最重？」

「周府的人用貓狗一一試那飯菜，確定蟹生有毒，便報了官。大夫和仵作聽說了江夫人的死前症狀，兩人嚐了蟹生，都推測是烏頭中毒。」

「為什麼嚐了蟹生就斷定是烏頭？烏頭有特別的氣味？」

「說是入口發麻。」

謝乘風也聽說過烏頭的厲害，此藥能治病，卻也是大毒。不過醫館裡的烏頭都是炮製過的熟烏，相比生烏，毒性小了很多。

「就算是烏頭中毒，那與妳娘又有什麼關係？」

沈嘉嘉嘆了口氣，「我爹平常緝捕犯人時難免有跌打損傷，我娘便用草烏頭泡酒備著給他外用，如今這酒被官府搜到，成了罪證。」

「怎會如此……」

沈嘉嘉點了點頭，「我娘性子柔弱，又不善言辭，只怕她很難說清楚了。我和我爹因是她親近之人，被官府嚴防插手此事，我也不知道怎麼辦才好了。乘風，我該怎麼辦。」說著，眼淚又落了下來。

謝乘風站在她肩頭，抬起翅膀，拍了拍她的後腦，「妳、妳別著急，還有我。」

沈嘉嘉無聲哭泣。

謝乘風拿出了他這輩子從未有過的溫柔，對她說道：「妳忘了？我能聽壁角，妳說讓我聽誰，我馬上去。」

因事涉自己的親娘，沈嘉嘉早已亂了方寸，她搖頭道：「我現在毫無頭緒。」

「妳家的草烏泡酒還有嗎？」

「還有一壇，原本泡了兩壇，被官府搜走了一壇。」

「拿出來看看？反正現在沒事幹。」

沈嘉嘉想想也對，這樣枯坐垂淚也無濟於事，不如找點事做。於是她去到後院鴿子房旁邊的角落裡搬來一個小罈子，放在桌上啟封，倒出小半碗。

那酒液淡黃色，有些渾濁，聞起來除了酒味，還有些草腥氣。

謝乘風圍著這酒跳了跳，問道：「這東西真能毒死人？」

「生烏確實是大毒。」

謝乘風突然低頭，喝了一口。

沈嘉嘉嚇了一跳，「你幹什麼？有毒，快吐出來！」她急得倒提起他搖晃著，「快吐。」

謝乘風無奈道：「已經吐了，快放我下來，要被妳搖死了！」

沈嘉嘉放下他，他抖了抖頭上的朝天毛說道：「這草烏是假的吧？這酒一點也不麻，只有酒味兒。」

「啊？」沈嘉嘉連忙用手指蘸著酒液也嚐了一下。

謝乘風急道：「妳瘋了？我烏命一條也就算了，妳快吐出來！」

「真的不麻……」沈嘉嘉與謝乘風大眼瞪小眼。

過了片刻，謝乘風突然倒在桌上：「¥#@%*#&！」

沈嘉嘉：「……」

與此同時，她感覺到舌尖上開始蔓延起一股麻痹感，這使得舌頭彷彿不再是自己的，她推了推謝乘風，口齒不清地說：「#%…&#@¥！」

沈捕快聽到女兒房間有動靜，有些不放心，敲了敲她的門：「三娘妳在做什麼？妳沒事吧？三娘？」因得不到回應，便直接推開門。

然後他推開門便看見三娘和鸚鵡大眼瞪小眼，嘰哩呱啦地說著他聽不明白的話。

沈捕快驚駭。

鳥學人說話已經很過分了，人還要學鳥說話？

沈捕快走進女兒房間，看看桌上擺著的酒罈與酒碗，立刻明了，一時間又氣又急，指著沈嘉嘉說：「三娘！妳怎麼這樣沒分寸，這酒是能亂喝的？走，跟我去醫館！」

沈嘉嘉擺了擺手，倒了碗水跑到院中漱口，回來時又倒了碗水擺到謝乘風面前，托著他的腦袋餵他漱口。

折騰了一會兒，舌頭漸漸找回知覺，沈嘉嘉對沈捕快說：「爹爹請放心，我只是點了一點在舌頭上，沒有真的喝下去。」

「胡扯，鄭仵作也只是點了一點在舌頭上，他怎麼沒妳這麼大反應？」

沈嘉嘉猛地抬頭看他。

沈捕快突然愣住。

「爹爹，鄭仵作驗毒，你可是親眼所見？」

「對，親眼所見！他嚐了一點，很快便吐掉漱口。此後講話也是吐字清晰，也沒有說鳥語。」沈捕快越說越覺得不對勁。

「爹爹，我們去找府君！」

官府已經下衙，此刻去找府君有些不妥，但是監獄裡陰冷潮濕蛇蟲鼠蟻遍地，哪裡是人能待的，沈捕快擔心妻子熬不住，便也顧不了那許多了，他點點頭道：「好！外頭有風，多穿些。我去拿刀。」說著轉身回自己房間。

沈嘉嘉拿了件外衣披上，伸手摸了摸乘風的腦袋，「我出去一下，很快回來。」說完轉身欲走。

走出一步，突然感覺被什麼東西牽住了，她回頭一看，發現是乘風勾住了她的袖子。

他雖也漱口了，卻還沒恢復，這會兒全身無力地癱在桌上，只有一隻爪子倔強地勾著她的袖子，看那樣子好不可憐。

沈嘉嘉心頭一軟，便想要帶上他。她捧起他，剛要放進懷裡，突然想到這鳥身體裡住著的是個男人。沈嘉嘉臉一紅，找了籃子來放他。

謝乘風躺進籃子裡，含含糊糊地說了句：「臉紅什麼。」

沈嘉嘉假裝沒聽到。

父女二人風風火火地來到府衙時，府尹剛用完飯，聽說沈氏父女求見，他對沈三娘的印象極好，因此便命人將他二人帶進來。

沈氏父女一進門，府尹便敲打道，「你二人若是想來求情就免了吧。」

沈捕快連忙回道，「小人不敢徇私，此次前來是因案情有了重大發現，還要勞煩府君把鄭仵作叫來。」

「我倒要看看你們葫蘆裡賣的什麼藥。」府尹說著，又命人去叫鄭仵作。

鄭仵作家離府衙不遠，很快就過來了。

沈嘉嘉問鄭仵作：「你嚐那蟹生時，入口便覺發麻？」

「對，怎麼了？」

「這就對了，府君可知，」沈嘉嘉轉頭看向府尹，「蟹生的做法有很多種，我娘親這道蟹生，是將花椒、胡椒等香料碾碎，香蔥切碎，配上小火熬熟後放涼的香油，再加鹽醋，與生蟹塊一同拌勻。」

府尹不動聲色地吞了下口水，問道：「所以？」

「所以，鄭仵作嚐到的麻味，應該是花椒的味道。只因楊夫人死狀像極了烏頭中毒，所以你們先入為主地覺得是烏頭。」

鄭仵作一聽急了：「妳這女娃，小小年紀怎麼胡說呢？」

「那麼，鄭仵作可曾親口嚐過生烏頭？」

「我……誰沒事會嚐那東西，妳又嚐過？」

「對，我嚐過。」

「……」鄭仵作實在沒想到她竟如此回答，目瞪口呆地看著她。

「生烏頭剛入口並無氣味，要過一會兒才能感覺到麻味，之後便會舌頭麻痹，口不能言。鄭仵作若是不信，從我家中搜到的那壇草烏泡酒此刻就在府衙，你一試便知。」

鄭仵作見沈嘉嘉說得篤定，一時也懷疑起來。烏頭入口發麻，是醫書上白紙黑字寫著、師父們口口相傳的。但這種麻是以怎樣的方式出現，醫書與師父都沒教過，要想知道，須得自己親身驗證了。鄭仵作此前遇到的中毒案毒源多是砒霜，生烏致死這是第一次，自然也沒驗證過。

想到這裡，鄭仵作點頭道，「既然如此，府君，我願一試。」

府尹越看越覺得有意思，立刻命人把那壇酒搬來。鄭仵作嚐酒的過程與結果同沈嘉嘉差不多，等他休息夠了，舌頭能捋直了，頗覺慚愧地說：「府君，那蟹生之麻確實與這烏酒之麻不同，楊夫人中的並非烏頭之毒。」

「哦，那是什麼毒？」

「這個……暫且不知。」

「既如此，」府尹頓了頓，見沈嘉嘉眼巴巴地望著他，他忍著笑說道，「朱娘子可以不必坐牢了，不過嫌疑也尚未全然洗清，暫且留在府衙著人看押吧。」

其實府尹也不太相信朱二娘子會殺了楊氏。殺人無非是財殺、仇殺、情殺，朱二娘子這三樣一樣不占，沒有殺人動機。

沈嘉嘉回到家時，謝乘風總算恢復過來了。

沈嘉嘉趴在桌邊，下巴墊在手背上看他，眼睛亮晶晶的。

謝乘風真受不了她這樣看他，問道：「妳瞧我做什麼？」

「謝謝你。」沈嘉嘉笑道。

要是放在以往，沈嘉嘉這個時候肯定會親他一下。

唉。

緒。

衙門上下把所有與那道要命的蟹生接觸過的人都看押起來拷問了一夜，到頭來還是毫無頭緒。

次日府尹聽到這個結果，搖頭道：「蠢材！」

李四捕快不敢辯解。

府尹想著這命案也不是小案子，更何況還是周侍郎的夫人，想到這裡無奈道：「你去找沈捕快回來，就說本官相信他們夫婦的為人，允他調查此案，另外……」他深吸一口氣，壓下心頭那點不好意思，「倘若有人能對此案有所助力，也可一併帶去。」

李四連忙應下，跑去沈家找沈捕快，將原話轉達。

沈捕快從善如流地捎上了沈嘉嘉。

三人便一同前往周府。路上沈捕快問起案情進展，李四想到府君的態度，頗覺委屈，禁不住在他父女二人面前分辯道：「那楊夫人平時為人只是吝嗇些，苛扣了些許月俸，也沒跟誰結下什麼深仇大恨，所有有條件投毒的人，都沒有殺人動機。再者，我們從上到下把周府廚房翻了個遍，也沒找到什麼毒源，一應食材廚具都是乾淨的。那毒藥彷彿是憑空出現的，你說奇怪不奇怪！沈兄弟你說說，這案子能怎麼查？」

沈捕快連忙安慰他。

李四見沈嘉嘉摸著下巴所有所思，便問道：「沈三娘，妳怎麼看？」想到府君對此女的重視，李四的語氣難免帶了些許他自己都沒察覺的酸意。

沈嘉嘉答道：「從楊夫人吃蟹生的反應來看，這藥該是沒什麼特別味道的。我想不通的是，沒有味道、毒性猛烈的藥物，這世上除了砒霜，還有什麼？」

「說的是呢！」

沈嘉嘉問道：「大夫呢？怎麼說？哦對了，大夫知道不是烏頭了吧？」

「知曉了，卻也說不出是什麼東西。大夫說倘若楊夫人吃的是河豚就能解釋通了，吃螃蟹至多出點疹子，死不了人的。」

沈嘉嘉搖頭道：「楊夫人不至於連河豚和螃蟹都分不清楚。」

李四嘖嘖搖頭，「我看這個案子，難了。」

沈嘉嘉想到一事，便問：「昨日不是楊夫人生辰嗎，那道蟹生除了她可還有別人碰過？」

「說來也巧，那楊夫人生性吝嗇，這次生辰不是整數，便沒有大辦，只打算晚上擺個家宴就完了。因此她午飯是一個人吃的。」

「可有兒女？」

「一兒一女。兒子中午出門採買東西了，女兒近來在說親，一直閉門不出。」

沈嘉嘉點點頭，低聲感嘆道：「大戶人家果然家教嚴格。」

這時立在她肩頭一直沉默的謝乘風悄聲開口了：「也不全是這樣，我們家就不講這些虛禮，自在得很。」

沈嘉嘉轉頭又問李四別的，謝乘風見她全然沒把他的話當回事，心裡微微嘆了口氣。

到了周府，沈嘉嘉提出想去廚房看看，李四便叫來一個廚娘並一個燒火小丫頭陪著。除了朱二娘子在府衙，其他涉事人員都在周府押著，有專人看管。府上廚房也已經停用了，現下周府上下一應吃喝暫時都從外頭買。

那燒火的小丫頭看個子不到十歲，一頭發黃的稀疏頭髮，此刻無精打采地打著哈欠。沈嘉嘉對於突然把人拉來略感歉意，溫和地問道：「妳可是昨晚沒睡好？」

「嗯，昨晚不許睡覺，被問了一夜的話。」

那廚娘是個圓滑的，怕兩位牌頭聽了不高興，連忙說道：「妳這不識好歹的小蹄子，一天到晚犯睏關諸位牌頭什麼事，昨天燒著火就睡著了也是牌頭讓妳睡的？」

燒火丫頭便不敢說話了。

幾人至廚房，沈嘉嘉之前來過幾回，現在是第一次認真地觀察這裡。她看哪裡，那廚娘就介紹到哪裡，頗為殷勤。

「請問做蟹生的螃蟹是哪來的？」

「是楊夫人娘家姪子送的壽禮，那螃蟹很大很新鮮，殺的時候活蹦亂跳的，斷不會有問題。」

「這些調料……」

「所有調料和水都是公用的，都沒問題。」

「裝蟹生的餐具……」

「朱娘子是個愛乾淨的人，怕廚房裡有灰，一應碗盤在用之前都會用水過一遍，再用乾淨的布擦乾。」

說來說去，總之這道菜從廚房走出去之前是不可能有毒的。

沈嘉嘉點頭，沒說信也沒說不信。她的目光落在貼牆的一排大櫃子上，廚娘連忙把櫃子打開，一一介紹。裡頭擺的都是一些用具，小爐子、各種壺、吃拔霞供用的鍋子，等等。

沈嘉嘉指著兩排食盒問道：「為什麼這些提盒有圓有方？」

「圓的提盒只裝熱食，方的只裝冷食。」

不愧是大戶人家，講究。

沈嘉嘉把廚房上上下下邊邊角角都參觀了一遍，走出來時，沈捕快問女兒道：「可查出什麼了？」

沈嘉嘉凝眉搖頭，「毫無頭緒。」

旁邊的李四莫名鬆了口氣，然後說道：「要不要問問其他人？」

「也好。」

沈嘉嘉挨個問了涉事的所有人，昨日可有什麼異常。結果有說夢見下雪的，有說一早起床心慌的，有說出門看見烏鴉的。

沈嘉嘉：「……」

更加沒頭緒了。

李四見沈嘉嘉為難，在旁勸慰道：「三娘不必著急，衙門裡往年也是有不少懸案的，鄭仵作自己的徒弟死了也沒查出兇手呢。有些案子能不能破，也看命。」

沈嘉嘉驚道：「啊，六郎出事了？」

「不是六郎，二十年前的事了。」

沈嘉嘉滿腦子想的是蟹生，便也沒把這話放在心上。她提議想要走一下昨日那道蟹生從廚房到楊氏居所的路線，李四便充作嚮導。

三人一邊走著，沈嘉嘉問道：「昨日有沒有閒雜人等進入廚房？」

這些事情，李四他們已經盤問過了，便答：「除了取飯的，並無旁人。」

「廚房平時可有人看守？」

「白天廚房裡有人，夜裡廚房上鎖，幾個燒火丫頭輪流在隔壁柴房值班。」

「事發前夜值班的是誰？」

「就是方才那個丫頭。」

沈嘉嘉想著方才那小女孩打哈欠的樣子，若有所思。她有個習慣，一想事情就喜歡低著頭，如此走著走著，沈捕快突然抓著她的肩膀往旁邊一提溜。

「三娘，看路。」

沈嘉嘉抬頭，發現她差點撞到路旁的石榴樹。

她的目光一轉，見石榴樹下有個紅彤彤的石榴，看樣子完好無損，扔了怪可惜的，於是彎腰撿起。

恰在這時，路邊有人路過，卻是周府的少主人周洛，以及他的小廝。

周洛因母親橫死，今日一身素縞，面色發黑。他看到沈李三人，尤其是沈嘉嘉，有些奇怪：「妳怎麼在這？」

李四忙解釋道：「衙內，這位沈三娘是來與我們一道推察案情的。」

周洛的心情本來就差，一聽李四這樣說，再一看那沈三娘，肩頭立個鸚鵡，手裡拿個石榴，怎麼看怎麼不牢靠。周洛便道：「衙門是沒人了嗎，找個女人來添亂？你們若是不能查出殺害我母親的兇手，我定要收拾你們！」

沈嘉嘉抱臂冷笑，「我們若是能查出兇手，你可會給我們敬茶道謝？」

李四嚇了一跳，連忙向沈捕快使眼色。

周洛平常被人奉承慣了，如今被個平民女子這樣忤逆，難免惱怒。他指著沈嘉嘉，冷冷一笑：「好，好！且等著！」

沈嘉嘉對著他翻了個大白眼。

沈捕快頗為無奈。他已經摸準了女兒翻臉的規律了，就是，你不能瞧不起她。如果有人膽敢看她不起，別說侍郎之子了，天王老子來了也照樣刺回去。

周洛很快走了，李四在為剛才的驚心動魄抱怨，覺得沈嘉嘉實在膽大包天。謝乘風在沈嘉嘉耳邊悄聲說道：「等我變回去了，一定會狠狠打周洛一頓，幫妳出氣。」

沈嘉嘉「噗哧」一笑。

謝乘風眼睛盯著她的臉蛋，小聲說：「妳笑起來真好看。」

沈嘉嘉莫名覺得臉上有些燥熱。

把這段路走過一遍後，李四也已經恢復了心情，問道：「三娘，可有發現？」

沈嘉嘉沒有回答，而是說道：「我想再再見見那些人。」

於是三人再次一個個審問，沈嘉嘉仔仔細細地聽他們講述從製作、裝盤到運送再到拿上桌的過程，這些，李四都快會背了。

「昨日有什麼不尋常？除了做夢眼睛跳。再仔細想想，任何與平常不一樣的地方都可以說。」

有一個丫鬟想了半天，見沈嘉嘉手裡拿著個紅石榴，便說道：「我昨天提著食盒路過石榴樹的時候，被樹上掉的石榴砸到了，這個……算不算？」

「嗯？」

「倒沒砸到我，只是砸了一下食盒。」丫鬟補充道。

「妳說什麼？」沈嘉嘉蹭地一下從椅子上起身，握住她的手。

丫鬟嚇一跳，結結巴巴說道：「我我我我說的是真的……」

「我知道，妳仔細說說這件事。」

「就是，樹上掉了石榴，砸了一下食盒之後落在路邊，我怕耽誤夫人用飯，便也沒在意。」

「砸了食盒哪裡？」

「……好像是蓋子？」

「妳親眼看到石榴從樹上掉下來的？」

丫鬟見眼前的女孩眼睛越來越亮，莫名的有些害怕，「那、那倒沒有。不過我是從石榴樹下經過，恰好被石榴砸到，所以……應該就是了吧？」

沈嘉嘉拉著她的手往外走，「麻煩妳跟我去一下廚房。」

到廚房，她讓丫鬟找了一下，找到昨日裝蟹生的食盒。

沈嘉嘉問道：「各院的食盒是共用的嗎？會不會拿錯？」

丫鬟搖頭道，「不是。各院有各院的。我們夫人這套是黃花梨八仙過海食盒，錯不了。」

沈嘉嘉點頭，送走丫鬟後，她拿著那個食盒，掀開蓋子，用手帕在蓋子的底部輕輕擦了擦。

沈捕快在旁問道：「三娘，難道這食盒有問題？」

沈嘉嘉答道：「燒火丫頭昨日就開始犯睏，是因為夜裡值班時有人用迷藥迷暈她，然後潛入柴房偷走廚房的鑰匙。那人進了廚房後便在這食盒上做了手腳，將受潮的藥粉糊在食盒蓋子的底部，中午時藥粉已經快乾了。爹爹，如果一塊木板上貼著粉末，你想讓這些粉末落下來，會怎樣做？」

「呃……敲一敲？」

「對，所以那丫鬟送飯的路上，有人用石榴打在食盒蓋子上，藥粉便這樣落在蟹生裡。藥粉與食盒基本同色，所以沒被察覺。」沈嘉嘉說著，抬起手帕，「你們看。」

沈捕快與李四一同看去，果然見那手帕上沾著些許細微的暗褐色粉末。兩人又翻了一下食盒，發現食盒裡頭也殘留了一些。只因這些粉末極少，又與食盒同色，因此之前並未發現。

李四忍不住道：「那如果石榴打偏了怎麼辦？」

「打偏了，無非就是殺不了人。殺不了，以後再找機會殺就是了。這兇手從頭到尾沒有和這道菜接觸過，他藏得太深了，殺與不殺都能全身而退。」沈嘉嘉說著，覺得有些不寒而慄。

李四看看沈捕快又看看沈嘉嘉，忽然退後一步，朝著沈嘉嘉深深作了個揖：「沈三娘，我算是心服口服了。」

第八章　無名毒

沈嘉嘉用一碗水沖刷食盒，之後李四抓了隻老鼠讓老鼠喝水，果不其然，老鼠過不了多久就死了。

沈捕快嘆道：「兇手深謀遠慮，手段歹毒，怕是與楊夫人積怨頗深。」

李四點頭贊同這個判斷，又道：「不過，他現在決定殺人，想必是發生了什麼重要的事。」

三人對視一眼，都覺得還是得從楊夫人近來得罪的人開始查起，不過範圍就要擴大到整個周府了。

那楊夫人性情隨和，卻慣常苛扣底下人的銀錢，幾個捕快仔仔細細查了兩天，發現日積月累下來，楊夫人從奴僕手裡扣下來的錢著實不少，這樣一看，有五、六個人勉強可以有殺人動機。

再有，最近府上千金議親，周家小娘子似乎對夫婿人選不大滿意，曾經與楊夫人拌過嘴。

另外，因周小郎君不大上進，還花錢如流水，楊夫人也為此罵過他幾次……

若按照往常，沈捕快是不會把兒女算在嫌疑人裡頭的，奈何前頭剛剛發生錢二郎弒父案，難免令人聯想，現在左看看右看看，看誰都像是殺人犯。

難辦！

府尹再詢問此事時，幾人把案情進展上報。府尹聽罷，深知此案最大的問題是找不到證據。就算有懷疑之人，沒有證據也不好定罪。

府尹沉思一番，問沈嘉嘉道：「沈三娘，妳覺得兇手會是誰？」

沈嘉嘉剛要開口，忽然覺得不行。衙門裡刑訊逼供的手段她是聽說過的，府君突然這樣問，會不會是打算用刑？畢竟這也是沒有證據時的辦法。可是這樣一來，萬一她懷疑的人是無辜的，豈不是要平白受罪？

於是她搖頭道：「我需再思量一下。」

府尹點點頭，看著她，總覺得今日沈三娘有哪裡不對勁，他仔細回憶一番，隨即恍然：喔，今日她肩頭空空，沒站著鸚鵡。

「今日怎麼沒見妳帶那鳥來？」

「他跑去玩了。」

實則謝乘風是去周府聽牆角了。

他幾乎每天都藏在周府，把自己聽來的事情全告訴沈嘉嘉，然後兩人一起嘀嘀咕咕的商量。周府又不管吃喝，謝乘風餓了還得回沈家，左右也不遠。沈家現在是無比的安全，因為他娘派了幾個人來偷偷監視他。

傍晚的時候，謝乘風感覺腹中饑餓，便飛了回來。進了院子，他聽到屋內似乎有人在說話，於是落在窗前觀看。

原來，沈嘉嘉的姑母聽說朱二娘子被府衙拘押了，便來探視情況。一來，發現沈嘉嘉又去衙門裡廝混，覺得很不妥，板著臉教訓了幾句。

沈嘉嘉念及她是親戚，又是長輩，便沒反駁，只希望快快地打發了她。

哪知姑母見她態度軟和，只當是能拿捏的，變本加厲地威脅道：「妳再這樣下去，是不能做我們徐家婦的。」

沈嘉嘉耐心耗盡，一抬頭，見謝乘風站在窗前，她指著鸓鵡對姑母冷笑：「妳可想多了，看見沒，那才是我的夫婿。」

姑母氣得手抖，「妳這小蹄子這麼不識好歹！不懂規矩！不要臉！」

謝乘風拿出了這些天從街頭巷尾學到的本領，開口道：「老不死的。」

姑母怒意勃發：「你說什麼？你這小畜生！」

「老不死的。」

「看我不打爛你的嘴！」

「老不死的。」

「啊啊啊啊啊！」

「老不死的。」

姑母發覺跟一隻鳥搏鬥無法占到優勢，氣走了。

沈嘉嘉坐在椅子上扶著額頭苦笑，「謝謝你。」

沒有聽到乘風回答，沈嘉嘉奇怪地抬頭看他，發現他正直勾勾地盯著她。

沈嘉嘉想到自己剛才為了逞口舌之快胡說八道，而這鳥身體裡又實實在在住著個男人，她一時頗為窘迫，搖頭道：「我方才只是為了氣她，你……你別放在心上。」

「晚了，」謝乘風說，「已經放在心上了。」

沈嘉嘉有好一會兒沒理會謝乘風。謝乘風獨自吃著瓜子喝著水，也有些不自在，見沈嘉嘉一直不理他，他問道：「妳不想知道我今天聽了些什麼？」

沈嘉嘉果然扭臉看他，：「啊，什麼？」

謝乘風把看到的聽到的一股腦倒出來，無非就是丫鬟吵架啦、小廝拌嘴啦，沈嘉嘉聽罷腦子裡像是有團麻線在繞，虧得謝乘風記性這麼好。

沈嘉嘉嘆了口氣。

謝乘風有些失望：「沒用？我等晚上再去試試。」

沈嘉嘉搖頭道：「雖說夜深人靜，人容易放鬆警惕，但這個兇手心思縝密，想必不會露出什麼口風。你別去了，天那麼黑，當心迷路。」

謝乘風「唔」了一聲，心口有些暖。

晚飯時沈嘉嘉做了餺飥，沈捕快吃得粗魯，一邊吃一邊與女兒聊起案情。看府君的意思，倘若這案子過兩天再沒有眉目，府君可能會把有嫌疑的人都抓起來拷打。

沈嘉嘉擰眉搖了搖頭，頗不贊同。可人家為官做府君的治理百姓，也不是她一個小小女子能插手的。

吃過晚飯，沈嘉嘉坐在燈前發呆，總覺得這案子有個細節她沒抓住。

謝乘風在她面前跳了跳，說道：「我看，不如派人去把周府搜個底朝天，沒準就能搜到毒藥了。」

沈嘉嘉搖頭道：「周府那麼大，兇手隨便把毒藥藏在哪個縫隙裡就很難找到。再說了，他也可能已經把藥扔了。」

謝乘風不以為然：「天真。」

「哦？」

「我也算見過世面了，從未聽過見過這種毒藥，說明這藥極為難得，兇手既然是個心狠手辣之人，多半是捨不得扔掉這殺人滅口的上乘佳品。」

沈嘉嘉盯著他，眼睛越來越亮。

她這個表情，這個眼神，讓謝乘風十分受用。末了一揚腦袋，鳥頭上的朝天毛囂張地抖了抖，說道：「妳雖聰明，卻不懂人性。」

沈嘉嘉也不惱，笑著撫了撫他的頭，「我有一個主意。」

次日，府尹上門拜訪了周侍郎，之後兩人不歡而散。周府上下開始迅速流傳原因。

「說是衙門裡的人在廚房的食盒裡發現了藥粉。」

「啊？藥粉？」

「對對，藥粉，府君請宮中博聞強識的太醫辨認過了，已經知道這藥粉是什麼來頭，是個什麼來頭……唉我也沒鬧明白，反正上頭知道。現下想要搜查全府呢！」

「啊？郎君答應了？我們的院子也搜？」

「郎君沒答應，說是周府那麼大，那麼多女眷，上下都搜那不就亂套了嗎，讓外人看笑話。府君與郎君吵不過，氣走了。」

「所以，不搜了？」

「那可不一定，咱們這個府君可是個牛脾氣，說不好一封奏章告到御前，到時候不搜也得搜。」

「唉，反正也不關咱們的事。你我就先把髒衣服臭襪子收拾一下吧，別到時候髒了衙門的眼。」

「你才臭襪子呢！」

嘰嘰咕咕……

沈嘉嘉坐在府衙的花廳裡喝茶吃點心，還時不時把點心輾成渣屑餵肩上的鸚鵡，神態頗為悠閒。

府尹很欣賞她這份氣度。他抿了口茶，問沈嘉嘉道：「沈三娘，現如今府衙的人手全都出動了，對周府上下嚴防死守。此番可有把握？」

「哪裡有萬無一失的事。府君，咱們也只是賭，賭他此前捨不得扔掉毒藥，賭他現在不得不扔。」

「妳這丫頭，真是生了個七竅玲瓏心啊。可曾許了人家？我有個外甥——」

「咳咳咳……」沈嘉嘉一下子被點心嗆到了，她端起茶碗喝了幾口水，順過氣來，拍著胸口一臉窘迫。

府尹撫鬚笑道：「這種事情該詢問妳父母的，是本府唐突了。」說完這話，又一臉驚奇，「咦，妳這鳥怎麼炸起毛來了？」

沈嘉嘉連忙撫了撫謝乘風，把他的毛撫下去，「想是被我咳嗽嚇到了。」

就在這時，外頭有人風風火火地跑進來，一邊跑一邊喊：「報——府君！抓到了，抓到了！」

府尹喜得從椅子上站起身，「哦？果真？」

那人這才跑進花廳，卻是一頭汗的李四。原來這李四功夫雖不濟，腳程卻是一等一的。

「是真的！那廝往茅房裡扔東西，被我們逮個正著，如今人贓並獲正在路上。府君可知，那廝是誰？」

「你且慢。」府尹抬手打斷他，轉頭看向沈嘉嘉，笑問，「沈三娘，現在可以說出妳心中的懷疑之人了吧？」

「自然可以。周府的食盒分冷熱，兇手把毒藥下在冷食盒裡，是因為倘若放在熱食盒裡，毒藥被飯菜的熱氣一蒸就會重新變潮，糊在食盒頂部落不下來。因此，兇手只能選冷食盒。那麼怎樣保證楊夫人午飯能用到冷食盒呢？自然是送上一籠螃蟹，讓楊夫人想要吃到她愛吃，子女卻不愛吃的蟹生。因此，我首要懷疑的便是楊夫人那位送螃蟹的姪子。即便他不是兇手，也很可能與兇手大有關係。」

府尹聽罷問李四：「是他嗎？」

「神了、神了！」

府尹當下便決定升堂。

平常時候很多引起百姓討論的案子都會公開審問，允許百姓觀看，以示公正。不過這個案子是一樁人倫慘案，府尹擔心涉及到周府陰私，因此便沒公開，只讓人把周侍郎和他兒子周洛請來觀看。

沈嘉嘉作為此案的重要參與人，自然也有幸能夠旁觀審案。

那楊夫人的姪子楊昉是個秀才，家境貧寒，父母已經亡故，現在寄居在周府，正準備明年的科舉。據傳聞這位楊秀才天性聰穎，前途大好，也不知怎麼就想不開殺了人。

楊昉剛被帶進來，周洛便坐不住了，一下子撲向楊昉，幾個衙役見多了這樣的場面，熟練地將他攔住。

周洛口中罵道：「楊昉！你這忘恩負義的白眼狼！我周家待你不薄，你不說知恩圖報也就罷了，竟然殺我母親，簡直禽獸不如！」

周侍郎眼睛也紅了，幾乎要落下淚來。中年喪妻，乃是人生一大慘事，更何況是以這樣的方式。

楊昉已經知道自己此番在劫難逃，聽到周洛怒罵，他也不惱，臉上始終掛著冷笑。

府尹啪地一拍驚堂木，「堂下楊昉，你可知罪？」

「小生知罪。」

「你姑母一家容你棲身，管你吃住，你為何恩將仇報？」

「恩將仇報？」楊昉嗤地一聲笑了，「她與我爹幼時失去雙親，我爹一手把她拉扯大，為了掙下一份家業，染了一身的病。後來她機緣之下攀上高門，我爹為了湊嫁妝掏空了家底。她享盡榮華富貴，在我爹疾病纏身之時，她可曾回頭周濟過？只怕還會擔心被夫家瞧不起，粉飾太平吧！」

沈嘉嘉偷偷看了周侍郎一眼，他雖然沒說話，但那一瞬間錯愕的表情說明，楊昉猜對了。

在場眾人都沒料到楊氏姑姪還有這樣的過節，一時齊齊沉默。

「我在周家寄人籬下，她給過我多少白眼！我吃周家一口飯，便如同啃她一口肉般令她煎熬。哈！你們都說我是白眼狼，難道她就不是？小白眼狼殺了大白眼狼，不過是因果報應罷了！」

「我與表妹兩情相悅，她卻百般阻撓，還說我是癩蛤蟆想吃天鵝肉。哈哈！同樣是楊家人，我是癩蛤蟆，她又什麼，難道不算癩蛤蟆了？她以為她有多高貴，哈哈哈哈！」

他越說越瘋魔，邊笑邊哭，已然癲狂。

府尹居高臨下地看著他，面無表情：「所以你就殺了她？」

「對，我殺了她，殺了她，表妹三年之內不能說親，三年之後，我定然已經中了進士，到時迎娶表妹，這不是皆大歡喜的事嗎？」

沈嘉嘉覺得此人真是又可憐又可恨。幸好他不能當官了，否則不知有多少百姓要遭殃。

府尹又問了些投毒殺人的細節，最後問道：「你這藥，是從哪裡來的？」

「從一個江湖遊醫那裡買來的。」

「哪裡的江湖遊醫？」

「就在大街上，府君想要，也可以去碰碰運氣。只是不知道他還在不在京城了。」

案子審完後，府尹有點累。周侍郎前來道謝，府尹招待他父子二人去花廳喝茶。因聽說沈嘉嘉曾與周洛之間有過爭吵，府尹有心替二人說和，便把沈嘉嘉也叫上了，對周氏父子介紹了此女之才。

周侍郎頗感稀奇，恭維了幾句。

周洛卻是起身，端著一碗茶到沈嘉嘉面前，恭敬說道：「既然說了，破了案子便敬茶道謝，周某絕不食言，此番多謝娘子。」

沈嘉嘉穩穩當當地接過茶，喝了一口，放下茶碗說道：「小郎君還請節哀。」

之後沈嘉嘉的目光總在周洛身上逡巡，把周洛看得不大好意思，偏開臉不敢與她對視。

謝乘風站在沈嘉嘉肩頭，酸溜溜地說：「好看嗎？」

「我有一個想法。」

「妳那想法到底是什麼？」

從衙門回到家後，謝乘風如是問沈嘉嘉，語氣中帶了些質問的意思。

沈嘉嘉反問道：「你不覺得太巧了嗎？你是與周洛一起打馬球的時候受傷，魂魄離體，然後魂魄入了鸚鵡的身體，好巧不巧，這鸚鵡也是周洛養的。」

「妳想說周洛是殺我的幕後兇手？」謝乘風說道，不待沈嘉嘉回答，又自己否認，「不可能，我與周洛無冤無仇，他沒有殺人動機。」

「我不是這個意思。」沈嘉嘉搖頭，摸著下巴沉思，「我是懷疑，周洛會不會有什麼特殊的體質，你死了之後，他把你的魂勾走了。」

「勾走我魂的可不是他。」

「你沒懂我的意思，打個比方，」沈嘉嘉拿起桌上的茶杯，往裡頭倒了些水，「人就像這一杯水，身體是杯子，魂魄是水，水在杯子裡的時候，人就是一個正常的人。可是如果——」她說著，把杯中水往地上一潑，「水灑了，人的魂魄就沒了，也就相當於死了。」

「嗯，這說法新鮮。」

「假如周洛他的體質特殊，可以吸引人的魂魄，就像磁石吸引鐵那樣，那麼，我是否可以這樣解釋：你那天本來應該要死了的，但是魂魄離體之後，被周洛吸在了身上，相當於杯中的水雖然灑了，但並沒有潑在地上。那之後周洛回家，因為鸚鵡惹怒了他，他發脾氣打死了鸚鵡，這個時候，鸚鵡的魂魄離體，身體就成了一個新的杯子，你這杯水剛好裝了進去。」

這個猜測玄之又玄，乍一聽是不怎麼可靠的，可仔細一想，又覺得有那麼幾分道理。

謝乘風沉思片刻，問道：「那我怎麼回去？讓周洛打死我？」

「不行，」沈嘉嘉否定了這個提議，「萬一我猜得不對呢。」

萬一猜得不對，可能他連做鳥的資格都沒有了。

謝乘風見沈嘉嘉蹙著眉頭，莫名地有些開心，在她身邊跳了跳，問道：「妳捨不得我啊？」

沈嘉嘉沒理他。

「等我醒了，我就上妳家來提——」

就在這時，外頭傳來一陣拍門聲，接著是個女人說話：「沈三娘在家嗎？」

沈嘉嘉聽聲音覺得有些耳熟，忙起身去開門，見門外站的是吳氏與她的丫鬟，方才叫門的正是這丫鬟。

兩人與幾日前大不相同，如今身上穿的極樸素，揹著粗布包裹，一應釵環皆無，只用桃木簪了頭髮，主僕二人都在臉上點了東西，吳氏臉上是塊淺紫色胎記，丫鬟臉上是顆大痦子。

幾日不見，這二人還真是學聰明了。

沈嘉嘉將她們請進屋中，忙著泡茶擺點心時，吳氏攔住了她，說道：「我二人今日便要離京，此番只是想與小娘子道個別。多謝三娘相助，往後三娘若有用得到我的地方，請一定要開口。」說著，看了眼丫鬟。

丫鬟忙取下包裹，打開從裡面拿出一件繡品。

吳氏：「這是我這幾日繡的，時間緊促，繡得難免粗糙，三娘不要笑話，且留著玩吧。」

沈嘉嘉本欲拒絕，只是一看那繡品，好鮮活的一幅蜻蜓戲蓮圖，比她以往見過的所有繡品都好，一時間眼饞得很，於是笑道：「那我就卻之不恭了。」

又說了幾句話，吳氏這就要走。沈嘉嘉心裡老想著錢二郎背後教唆之人，她有個毛病就是遇事喜歡尋根究底，這會兒便問道：「吳娘子，我還有一事想請教。」

「三娘請講。」

「錢二郎可曾與什麼人過從甚密？尤其是犯案前一陣子。」

吳氏想到兒子，神情一暗，仔細回憶一番說道：「他平常來往的有酒肉朋友，也有合夥賺錢的，要說犯案前……犯案前兩個月，他倒是喜歡往玉宵觀跑。」

吳氏二人告辭後，沈嘉嘉把那幅繡品拿起來仔細欣賞，看完了無意間一翻，發現背面還有一幅蝶繞牡丹，這竟然是一幅雙面繡。

「嘖，有這樣的技藝，何必屈居錢府呢。」

楊昉的案子很快便宣判了，令府尹發愁的是他口中所說的江湖遊醫。這個江湖遊醫手裡有見血封喉的毒藥，很可能是給錢就賣，這樣的人太危險了，一定要找到並捉拿起來。

衙門按照楊昉的描述畫了畫像，貼了告示，風風火火搜了幾日，也沒找到人。弄得府尹心情不好，發了兩次脾氣。

沈捕快回家吃飯時跟妻女訴苦，沈嘉嘉問道：「你們有沒有查過，楊昉在案發前都去過什麼地方？他去的地方，很可能就是那江湖遊醫出沒的地方。」

「查了，楊昉並不是喜歡亂逛的人，他平常就是在家讀書，偶然與同窗出遊。再就是有人看到他去過玉宵觀。」

沈嘉嘉夾菜的動作停住，問道：「去過哪裡？」

「玉宵觀。」

第九章　玉宵觀

——玉宵觀。

沈嘉嘉握著筷子沉思，沈捕快問道：「怎麼，三娘妳覺得這道觀有問題？我們已派人去盤問過了，未見到什麼可疑的人。」

「爹爹，我是在想，這江湖遊醫，有幾分真？」

「啊？」

「我聽說，人撒謊，最好是真假摻半地撒，這樣才能使聽的人信以為真。楊昉所招供的作案細節句句為真，那麼江湖遊醫一事，到底是真是假呢？會不會本身是假的，卻被你們當成真的？」

「三娘，妳是說這小子騙我們，實際根本沒什麼江湖遊醫？那他的藥到底是從哪裡來的？」

「爹爹，我也只是猜測。我倒沒證據說這江湖遊醫一定是假，可總是感覺不對。這種藥連多少大人物都沒聽過見過，怎麼一個江湖遊醫給錢就賣呢？倘若真的有這麼一個江湖遊醫，他恐怕不是第一次賣藥，那麼為何此前從未有過類似的中毒案件？」

「是了，確實沒聽過，」沈捕快點頭，「案發後我們就去大理寺查過卷宗，類似死狀的不是誤食河豚，便是烏頭、馬錢子等草藥中毒，像這種毒性猛烈、毒源不明的，一例沒有。這個案子，真是處處透著古怪。」沈捕快越想越糊塗，擰著眉搖頭，想了一會兒又道，「不對，楊昉為什麼要撒謊？他反正難逃一死，難不成是想保住那個真正給他藥的人？」

「怕是如此。」

沈捕快這下顧不上吃飯了，起身拿刀，「我去衙門一趟。」

沈捕快匆匆忙忙地離開，過了不到一個時辰，又匆匆忙忙地回來，一臉黑氣地對沈嘉嘉說：「楊昉畏罪自殺了！」

沈嘉嘉也挺無奈的，「爹爹，要不咱們明天去玉宵觀看看？」

朱二娘子回家後，聽說丈夫又要帶著女兒跑去找什麼殺人的毒藥，頗為無奈：「你別總跟三娘說這些打打殺殺的事，三娘現在連親都說不上了。」

沈嘉嘉的姑姑自那日被氣走之後，回去散播了許多關於沈嘉嘉的不是，現在街坊鄰里看沈嘉嘉的眼神都透著古怪，媒人見了朱二娘更是繞道走。好不容易來個試探的，好了，是給一個六十歲的老漢說續弦，把朱二娘子氣得不行。

沈捕快聽到妻子這樣埋怨，不以為然道：「這次案子破了，三娘不是又賺了府君二十兩銀子？她現在一人比咱們夫妻二人都能賺，真金白銀的擺在面前才是道理，管別人怎麼說呢！要我說，那些指指點點的東西，都配不上我們三娘，不用與他們計較。」

「唉，我說不過你。可總這樣下去也不是事，三娘總歸是要嫁人的。」

「妳放心，我有主意。往後找個貧苦清白的人家招一個女婿，也免得三娘嫁出去受氣。」

「要真能找到就好了……」

玉宵觀在京城外西北方，一早，沈捕快租了個牛車，帶著女兒出城，背著日頭行了約莫三十里路，遠遠地便見到一處掩映在黃葉古木中的道觀。那道觀倒是不大，青牆青瓦的很是樸素，道觀外頭停著幾輛馬車，另有一些小販早就支起攤子賣起了香燭、法器等物，還有賣吃食的。

沈嘉嘉下車買了個胡餅，將餅上芝麻撥下來餵給肩上的謝乘風。沈捕快雖知道她買胡餅是為了同小販打聽事情，卻還是有些氣不過，「妳就慣著牠吧。」

這話莫名讓謝乘風有些受用，吃得更開心了。

沈嘉嘉看向小販，問道：「往常也沒怎麼聽說過玉宵觀，怎麼今日一來，這裡竟然如此熱鬧？」

「娘子想必是近來出門少，所以才不曾聽說。這玉宵觀半年前來了個白雲道長，請符看卦十分靈驗，自那之後登門的人絡繹不絕，門檻都要踏破了呢！咱們來這也是為了沾沾道長的仙氣，嘿嘿……」

「果真靈驗？那我也去試試。」

「娘子請儘早，白雲道長每日只請三卦。」

因著沈捕快辦的是公事，兩人不需等候，入得觀中，沈捕快直接與那小道士說道：「我乃是捕快沈某，今天想要見一見白雲道長。」

小道士說道：「善信來得不巧，白雲道長不久前出門雲遊了。」

「什麼時候？」

「五日前。」

沈捕快與女兒對視一眼。五日前，正是楊昉被抓那日。

真的只是巧合嗎？

二人不動聲色，沈捕快笑道：「那還真是不巧了。既然如此，我們便在這觀中隨便走走吧。」

他們在觀中轉了轉，查看了白雲道長之前住過的地方，又問過觀中眾道士，白雲道長都見過什麼人。

他見過的人倒是不少，可有一樣——沒有人見過他的面容。

因為他始終以紗遮面，從不以真面目示人。

現在人走了，連長什麼樣都不知道，找也不好找。

父女二人從道觀回來，沉默了一路，沈捕快終於問道：「三娘，妳覺得如何？」

「雖沒有證據，我倒覺得，這個道觀嫌疑很大，尤其是那白雲道長。」

「哦？」

「道士除了會算命畫符，還會煉藥。自古以來，道士們在丹爐裡發現了很多東西，豆腐、火藥、朱砂、硝石，這些都是道士發現的。錢二郎為什麼會用硝石作案，楊昉為什麼會有新奇的毒藥，倘若把他們放在道觀裡，這些就能解釋得通了。尤其是錢二郎的案子，說明此人不僅懂得煉丹藥，還精通仵作行當。這樣一來，我們可以把嫌疑人的範圍再縮小一些。只不過，此人未必是京城人士，也不知道能不能找到——」

沈嘉嘉正說著，突然聽到耳邊一聲急促叫喊：「小心！」

緊接著，謝乘風唰地一下飛了出去，在她臉旁搧起一陣風。

沈嘉嘉心中一驚，抬眼看去，卻見一支弩箭破空而來，她來不及躲避，腦子裡一片空白。眼看著弩箭射向她的面門，就在此刻，一道白色虹霓衝向弩箭，正擋在箭尖前。那箭被白色的身影一阻，箭頭推著小小的身體，擦著沈嘉嘉的耳畔飛了過去。

「篤——」

是箭頭沒入木板的聲音。

沈嘉嘉回頭看去，只見謝乘風被弩箭射了個對穿，釘在牛車之上。

鮮血滲出，染紅了羽毛。沈嘉嘉眼前也是一片血紅，腦袋像是被重重捶擊過一般。

「怎麼回事！」沈捕快抽刀擋在女兒身前，放眼望去，對面是一片樹林，兇手定然隱在那樹林之中，他想去抓人，又擔心女兒，一回頭看著那酸鳥被釘在牛車上，死相淒慘，一時間心裡也難免悲傷。回想起這鳥雖然偶爾胡言亂語，但三娘自從得了這鳥作伴，確實一日比一日地活潑起來，如今竟然就這樣沒了。

這時路邊也不知從哪裡冒出來兩個人，一擁而上看著謝乘風的屍體。一個說「這是長公主的心愛之物，如今死了怎麼辦」，另一個說「必須抓到兇手，才好有交代」，說著兩人齊齊奔向樹林。

沈捕快一手將弩箭拔出，沈嘉嘉哆哆嗦嗦地捧起謝乘風，他的身體還是熱的，眼睛也未閉上，眼裡尚且殘留著一點虛弱的光。他張了張嘴，含糊地說了兩個字。

沈捕快問道：「牠說什麼？」

沈嘉嘉沒有回答。但是她聽到了，他說的是，「別哭。」

她才發現自己已經淚流滿面了。

沈捕快警惕地握刀，生怕再有一道冷箭，他也不確定前路還有沒有埋伏，現在要不要改道。正一籌莫展之際，忽看到一隊人馬打官道上經過，打頭的容貌昳麗，一身素衣，正是那新喪了母親的周小郎君，周洛。

沈捕快往他身後看了看，見許多人簇擁著一口裝棺材的馬車，便知周洛這是扶柩還鄉。

沈嘉嘉也看到了周洛，她突然兩眼放光，抱著謝乘風跑向他。

周洛沒料到會在這裡遇到沈嘉嘉，他看到少女跌跌撞撞地跑向他時，怕傷到她，連忙勒停了馬。等她走近，他才發現她兩眼紅紅，臉上都是淚痕。

「妳怎麼了？」

「周小郎君，可不可以帶我去長公主府？」

「我吩咐人帶妳去。」

「不行，必須你親自去。」

「可是我……」

「求求你了！」

周洛對上她哀求的目光，一時心軟，「上來。」

沈嘉嘉從來沒騎過馬，甚至連上馬也不會，周洛一看就知道，於是朝她伸手。他握著她的手一提，她便借力上了馬。

上馬的第一件事就是，把謝乘風塞進周洛的懷裡。

周洛：「……」

要是平常有人把一個死鳥塞進他懷裡，他早就發脾氣了。可是現在沈嘉嘉一臉焦急，刨除她突然發癔症的可能性，她大概確實有什麼難言之隱，所以周洛忍下了，只是皺著眉扶了一下她的身體，「別亂動。」

沈嘉嘉滿腦子都是謝乘風，這會兒雖然是第一次騎馬，倒也忘記了害怕，只是一個勁催促周洛：「有勞小郎君，麻煩小郎君快點。」

快點、快點……

終於是到了長公主府門口，沈嘉嘉跳下馬，周洛以為送到這裡就可以了，正要把死鳥還給沈嘉嘉，哪知道她見他要走，急得一把握住他的手腕，「還請小郎君隨我來一下。」

其實從一開始她提的要求就很過分，周洛也說不清自己為什麼沒有拒絕。可能是因為她畢竟是幫他抓到了殺害母親的兇手，也可能是因為那雙充滿哀求的淚眼。

總之他真的隨著沈嘉嘉進了長公主府。

長公主的守衛已被告知，如果沈三娘來了可隨意出入，今日的守衛正好是上次的人，認識沈嘉嘉，於是點了點頭便放行了。沈嘉嘉領著周洛一路風風火火地衝入長公主府，直奔謝乘風的房間。

到了房間，沈嘉嘉砰地一下推開門，房間裡很安靜，謝乘風安安靜靜地躺在床上，沈嘉嘉將周洛拉到他床前，把鳥屍體放在他身邊。

周洛：「……」

他現在有點懷疑，也許沈三娘確實發癔症了。

「這、這是要做什麼？」周洛問道。

對啊，做什麼？他們能做什麼？那個詭異的想法只是她單方面的猜測，實際上戲文都不敢這麼寫。除了異想天開，她還能做什麼？

床上的謝乘風紋絲不動，絲毫沒有甦醒的跡象，沈嘉嘉試探著問周洛：「不然，你摸摸他的頭？」

周洛用一種關愛的眼神看著沈嘉嘉，「沈三娘，妳還好嗎？」

「我很好，我沒有瘋，你放心。小郎君，請你摸摸他的頭。」

周洛無奈地摸了摸謝乘風的腦袋。要是這會兒謝乘風醒著，知道他摸了他的頭，怕是能一腳把人踹飛。

謝乘風紋絲不動，沈嘉嘉不死心，「要不你再摸摸別的地方？」

周洛終於忍不了了，「沈三娘，妳清醒一點！」

是啊，醒醒吧！他已經死了，回不來了。那膽大妄為的猜想也僅限於猜想。他死了……

沈嘉嘉癱坐在地上，頭靠著床，哭了起來。

周洛想不到她會為一個男人哭成這樣，他問她：「他是妳什麼人？」

「得罪了，我想一個人靜一靜。」

「我還以為……」周洛想著那天她目不轉睛盯著他看的樣子，那目光直白又坦蕩，反倒襯得他心裡有些慌亂。那之後他總會想起她，只是他這幾天大部分時間都被母親的喪事占據著，悲傷而麻木，心底偶爾的旖旎顯得格格不入，彷彿想她便是犯罪一般。

沈嘉嘉抬眼看他。

周洛自嘲地笑了笑，「沒什麼。我走了。」

他離開房間關上門，一抬頭發現外頭站滿了聞風趕來的人。長公主夫婦都在，周洛上前行禮，三言兩語解釋了一番。

長公主聽聞自己連鳥兒子都沒了，一著急暈倒在丈夫懷裡。

眾人慌得手忙腳亂，連忙把長公主送回去請大夫。

謝乘風的房間裡，沈嘉嘉周圍再無旁人，她哭得愈加放肆，額頭抵著床，泣不成聲。

哭著哭著，她突然感覺到有一隻手掌蓋在頭上，輕輕拍了一下。

沈嘉嘉已經哭得脫了力，頭腦渾沌，這會兒呆呆地抬起頭，看向床上的人。

床上躺著的那人，正睜著一雙帶笑的眼睛，靜靜地望著她。

沈嘉嘉覺得她一定是出現幻覺了，抬手啪地打了一下自己的臉。

謝乘風因多日水米未進，只靠人參吊著一口元氣，身體甚是虛弱，反應比往日慢了許多，抬手的動作遲了幾步，一下子沒攔住她。

他只好摸了摸她的臉，「犯什麼傻。」

沈嘉嘉並不覺得疼，她笑著看他，「你醒了。」

「嗯。」

她站起身要往外走，謝乘風一把撈住她的手，默默地看著她。

沈嘉嘉低頭，臉龐微燙，「我我我我去叫人啊。」

謝乘風便放開她。

沈嘉嘉出門通知了外頭等候的奴僕，那些人聽說小主人醒了，有喜極而泣的，有念阿彌陀佛的，有去請大夫的，也有急急忙忙跑去稟報主人的，還有些精明的在討論著一會兒誰去宮裡報信——這可是個肥差。

沈嘉嘉想著接下來長公主府必定會是一場人仰馬翻，她就不在這裡礙事了。更何況哭成這樣，也不好意思見人，因此與管家知會一聲，便悄悄地回去了。

果然不出沈嘉嘉所料，長公主府上下振奮，折騰了一日，宮裡太后聽說外甥終於醒了，要來探視，幸好被官家攔住了。老太太平常最疼愛這外甥，今日若是見面得有好一頓哭，兩人一個大病初醒一個年老體弱，還是等謝乘風好點再見吧。

這一頭長公主好不容易甦醒，聽說兒子醒了，高興得差點又暈過去。拉著兒子的手上看下看左看右看，仔仔細細地看，又哭又笑。

謝乘風躺著的這些天，每日都有人幫他按摩捶打四肢，因此今日醒來不過休息了個把時辰，便可下地行走。他的精神很好，喝完藥便同父母去府中花園閒逛。

有一搭沒一搭地聊了一會兒，謝乘風說到自己此番醒來，多虧了沈嘉嘉，又問道：「沈嘉嘉呢？」

長公主答道：「她回去了，你放心，我已備下厚禮讓人送去。」

謝炯再次提醒兒子：「都說過了，不要隨便叫女孩的閨名，失了禮數。」

謝乘風笑道：「也不算失禮。她是我要娶的女子，我未來的妻子，她的閨名我自然能喚。」

長公主停下腳步，一臉奇怪地看他：「你不是不願意嗎？怎麼翻臉這樣快？」

「此一時彼一時。我現在非她不娶。」

長公主見兒子目光前所未有的溫柔，便知這小子是真的動了凡心。她一陣頭疼，「你也知道什麼叫此一時彼一時？先前我說要沖喜你不聽，現在你以為你想娶誰就娶誰？就算我和你爹答應，那也要問問你舅舅和外祖母能不能答應。」

「我自會去和他們說。」

「你……」長公主指著他，咬牙，「你生來就是找我討債的。」

謝炯好奇地問兒子：「那個沈三娘，她到底給你施了什麼法術，使你如此癡迷？」

「若不是她，我現在已經是一具屍體了，救命之恩，不該以身相許嗎？」謝乘風頗為理直氣壯。

長公主傻了一下，倒、倒也有理？

夫妻二人不敢答應兒子，也不好明著拒絕兒子，到晚上，兩人關起門說私房話時，長公主終於還是妥協了，感慨道：「想是月老纏紅線的時候喝醉了，將他兩人纏在了一起，使他就算變成烏也要與那沈三娘相遇。既然是天註定的姻緣，不如就隨他去吧。我自己的兒子我也是盼他好，又何必要拆他的姻緣，使我們母子生出嫌隙。過兩日我進宮與太后說道說道。」

謝炯說道：「依我之見，不如明日遣媒婆去沈家一趟，先對對兩個孩子的八字。倘若八字得宜，在太后面前也好說。」

長公主點頭，「好，這樣也穩妥。」

次日，長公主府遣了媒婆上沈家，也不知是哪個耳報神討好謝乘風，偷偷告訴了他。謝乘風心情大好，一直待在母親那裡，時不時地就往門外看一眼。

長公主看著兒子沒出息的樣子，悄悄翻了個白眼。

媒婆終於來了，出去時意氣風發的她，回來時臊眉耷眼。

長公主眉頭一挑，「怎樣？」

「沈家說，齊大非偶。」

第十章　女仵作

長公主聽到媒婆這樣說，意外道，「這沈家倒是挺有骨氣，是我看錯了他們。」說著轉向謝乘風，「既如此……」

她本想說「既如此那也就沒辦法了」，可是看著兒子消瘦的臉龐，低垂的眉眼，雖然他面色淡淡，但她瞭解自己的兒子，此刻定然是十分傷心。於是長公主話頭一轉，「那就再看看吧。」

長公主怕兒子又亂跑，畢竟大病初醒，而且外頭還有刁民想害他，因此她吩咐人看緊了謝乘風。謝乘風倒是挺安分，乖乖養病，這讓長公主有些意外也有些放心。哪知他只安分了兩日，第三天就打暈身邊的人溜了。

長公主可算明白了——他這是等著恢復力氣呢！

沈捕快正在吃午飯，聽到外頭有叫門，放下羊肉饅頭，擦了擦嘴出去開門。門外站著個英俊倜儻的少年郎，沈捕快確定自己不認識他，看衣著打扮便知此人不凡，想也不是他能認識的。因此沈捕快只當是認錯了門，根本沒把他往裡請，只扶著門沿問道：「貴客找誰？」

「我找沈……三娘。」

「啊？」沈捕快想到此前的刺殺事件，目光變得警惕，「你是如何認識三娘的？」

「她於我有救命之恩。我是長公主之子謝乘風，先前因落馬受傷，昏迷多日，沈三娘用一隻鸚鵡替了我的命，這才使我甦醒。」謝乘風三言兩語作了一番解釋。

沈捕快雖然也糊塗自家女兒何時有了這等本領，但那日她讓周洛帶她去長公主府卻也是確有其事，斷案多年，什麼古靈精怪的事沒見過，因此對謝乘風的話便信了七、八分。

謝乘風又道：「先前提親原是父母想令我報恩，既然沈家並無此意，我謝家也不好強求。此番前來只是想當面謝三娘的救命之恩。」

沈捕快見他手中提著不少禮品，言談又彬彬有禮，心想這樣的天潢貴胄想必不會與他們升斗小民計較。於是沈捕快的防備又去了幾分，將謝乘風請到家中。

謝乘風進得沈家，見屋中空空，便問：「三娘人呢？」

「貴客卻是不知，三娘日前遭遇奸人暗殺，幸好沒什麼大礙，府君便請她暫時居住在府衙，等查明真凶再回來。」

謝乘風放下禮物，略坐了坐便告辭了。

告辭之後，直奔府衙。

——一刻都等不了了，要知道，那府尹還有個大外甥呢！

府尹也聽說了謝公子甦醒之事，甚至有人拿這個去拍官家的馬屁。只是他萬萬想不到，謝公子剛醒就跑來府衙鬧事，提出了匪夷所思的要求。

「你說你想住在府衙？」府尹有點不敢相信自己的耳朵，斟酌著說道，「這個……好像不合規矩。」

「我的救命恩人受奸人所害，我自然是晝夜難安，須得親自來衙門守她周全。」

府尹一呆，「你說的是沈三娘？」

「正是。」

府尹卻沒料到還有這一層，他看著眼前這人清瘦的身形，「可是你……」看起來有點弱不禁風呢！

謝乘風一挑眉，抬手往桌子上一拍，只見那黃花梨木桌刹時嘩啦啦四分五裂，連帶桌上的果盤、茶盞一同摔在地上，一片狼藉。

府尹嚇得直接從椅子上跳起來，大怒，「你！」

謝乘風起身鄭重朝他作了個揖：「我是來為府君分憂的，請府君成全。」

府尹無奈道，「官也是你，匪也是你！」

府尹自然不肯就這樣答應他的無理要求，只好遣人去長公主府，要求府上派人來把這祖宗接回去。哪知長公主府回話：犬子確實是來報恩的，請府君將就著給他口飯吃、給他片瓦遮，長公主已備下謝禮奉上。

行吧，這一家子，沒一個常人！

沈嘉嘉正坐在窗前發呆，忽覺眼前被一片陰影遮住，迷茫抬頭，見謝乘風擋在窗前，居高臨下地看她。

沈嘉嘉嚇了一跳：「你……走路怎麼沒聲音。」

「在想什麼？」他盯著她的眼睛，問。

「在想案情。」沈嘉嘉移開視線。

謝乘風笑了一下，「我還以為妳在想我呢。」這話雖是笑著說的，語氣卻頗有些落寞。

沈嘉嘉不敢看他。或許是他的目光太過逼人，也或許是他的表情太過幽怨，總之她莫名地有點心虛，悄悄地伸手，想要關上窗戶。

哪知謝乘風只輕輕地抬手往窗沿一搭，那窗戶便如石雕的一般，任沈嘉嘉如何努力，硬是紋絲不動。

謝乘風搭著窗沿，懶洋洋道：「我有點累，在妳這裡吃杯茶吧。」說完，見沈嘉嘉坐著不動，他又補充道，「不給我開門，我就只好翻窗了。」

沈嘉嘉拿他這樣的無賴沒辦法，只好開門迎他進來。

謝乘風彷彿進到自家一樣，坐在桌旁自己倒茶，還幫沈嘉嘉也倒了一杯。一邊喝著茶，目光隨意在花廳裡掃了一番，最後落在桌上散落的冊子上。

「這是什麼？」他放下茶杯，拿起來，見沈嘉嘉沒有阻止的意思，便翻看著。

沈嘉嘉解釋道：「這是往年的一些卷宗，我想看看，能不能有什麼發現。」

謝乘風翻著卷宗，似笑非笑：「我看妳哪裡是來避難的，分明是魚進海裡，鳥入山林，自在得很。」

沈嘉嘉也不回嘴。

「就因為這個才拒婚，對嗎？」

又來了，又是那樣迫人的目光，直勾勾地盯著她。

沈嘉嘉搖頭道，「我不——」

她剛開口，他卻將冊子卷成筒，筒的邊沿抵在她唇上，阻止她繼續說下去。

謝乘風悠悠開口：「別否認，我知道妳的主意大的很，父母可做不得妳的主。妳怕嫁給我後不自在，不能再隨心所欲、想做什麼就做什麼了。」

沈嘉嘉抬手推開擋在唇前的冊子，因嘴唇被乾燥的書冊碰到，她不自覺地舔了舔。謝乘風瞇眼看她。

「乘……謝公子。」

「叫我名字。」

「謝公子……」

「叫我名字。」

他這樣子，倒有點那倔鸚鵡的影子了。沈嘉嘉莫名有些好笑，又是一陣心酸。她輕輕嘆了口氣，「好，乘風，今日我們把話說開了吧。」

「哦？」

「我確實覺得我們不合適。」

「那妳覺得誰與妳合適，妳那親親表哥嗎？」

沈嘉嘉搖頭，「實不相瞞，我爹有個提議，我覺得不錯。」

「什麼提議，招贅？」

沈嘉嘉有些意外，隨即心想，他是聰明人，想來也不難猜。她點點頭，「嗯。你也知曉我的難處。」

「我自然知道。我這條命都是妳給的，妳讓我入贅倒也不過分。」

「我不是……」

謝乘風為難道，「可我是獨生子，爹娘定然不肯我入贅的，」說著，突然嘆氣，「我本當有個哥哥的，可惜很小的時候就夭折了。倘若哥哥活著，我們也不至於是現在這樣的局面。」

「我不是那個意思。」

謝乘風垂眸握著茶杯不說話，模樣有些可憐。

「你哥哥……」

「只比我大半個時辰。死的時候還在吃奶。我娘說，他生得比我要壯實許多，只可惜得了急症。」也因此，他爹娘嚇得不輕，給他取了個不太雅觀的小名。自然，這一點倒不必與沈嘉嘉提。

看他這樣難過，沈嘉嘉一陣不忍，情不自禁地按著他的手，輕輕拍了拍，「沒事，都過去了。」

「嗯。」謝乘風一臉傷心，默默地回握住她的手。

過了一會兒，謝乘風收起情緒，將桌上的卷宗攤開，問道：「妳整日看卷宗，可有看出什麼東西了？」

「還沒有，不過，」沈嘉嘉一聊到案子，臉上神采都有些不一樣了，「我在想，是否可以從仵作行當入手來調查那個白雲道長。」

「怎麼說？」

「從兇手對錢二郎的教唆可以看出，此人對仵作一行了解極深，深到可以反利用驗屍進行誣害的程度。此人不是自己是個仵作，便是認識某個高深的仵作。我已經問過鄭仵作，這樣厲害的仵作很不多見。或許我們能在往年的命案卷宗裡找到一些線索。」

卷宗一般分為三部分，一部分是辦案過程、一部分是案情陳述、一部分是案件判定和總結。沈嘉嘉要查看的是第一部分的辦案過程。一般的辦案過程可能會對當地長官的言行有所粉飾，不過仵作是賤業，基本會如實描述，不擔心虛報。

府君已命人從刑部調閱了卷宗，整整五大口木箱，沈嘉嘉桌上這幾本只是冰山一角。

謝乘風聽罷，笑道：「我來得巧了，正好幫妳分憂。」

兩人於是一同查閱卷宗。花廳內一時安靜下來，只餘紙張翻動的聲音，一直到日頭西斜。

沈嘉嘉正看得入神，忽聽到身旁一道聲音說：「張嘴。」

她還沒來得及細想，便張開了嘴。

直到嘴中被塞入異物，她才反應過來，抬頭看他。

謝乘風不知何時已帶了晚飯回來，此刻正挾著一塊糕餅送入她口中。他見她表情呆愣，禁不住笑出聲。

「小娘子可真有趣，聰明絕頂是妳，呆頭呆腦也是妳。」

沈嘉嘉其實根本沒在聽他說什麼。他染著笑意的目光和輕輕上揚的嘴角，像是春風揚起的花瓣落在湖面上，往她心裡激起一層層漣漪。

她移開目光，用咀嚼掩飾尷尬。那糕餅乃是雨前龍井所製的茶糕，入口即化，清香滿口，甜而不膩，是她喜歡的口味，但是她此刻注意力全在他身上，吃得有些狼狽。

兩人一同用過晚飯，謝乘風便離開了，走之前笑瞇瞇道：「我明日再來。」

兩人合力終於把五大箱卷宗看完，沈嘉嘉總結了各個州縣擅長驗屍，尤其擅長推定死亡時間的仵作，算上鄭仵作，也有十來個之多。仵作是下九流，各地卷宗也只公事公辦地記載著仵作的驗屍結果，對仵作本人完全沒有記錄。

沈嘉嘉只好又找到府尹那裡，請他調查這幾個仵作。

府尹回道：「這事需要找吏部，讓吏部命各地官員將這幾個仵作的情況如實上報。」

「可這樣一來，豈不是打草驚蛇？」

「那三娘意下如何？」

「可否由府君派人暗中調查？」

「能是能，只是我抽不出那麼多人手同時奔赴各地，只能慢慢調查。」

這樣太慢，沈嘉嘉又有點著急。

謝乘風道：「不如這樣，我進宮找官家說說，他的人做事也隱蔽。」

「這樣能行嗎？」沈嘉嘉滿是期冀地看著他。

謝乘風被她的眼神擊中：「能。」不能也得能。

次日謝乘風便去宮裡探望他的皇帝舅舅和太后外婆。他怎樣與官家說的且不必提，旬日之後，各地的消息便送回京城了。沈嘉嘉仔細查看結果，認為一個叫枯娘的石門縣仵作最為可疑。

首先這個枯娘在當地小有名氣，人送外號「枯半香」，意思是她推斷的死亡時間與真正的死亡時間相差半柱香之內，這外號自然有誇大的成分，不過也一定程度上說明了枯娘的驗屍水準。

其次，據說這位枯娘面貌醜陋，經常以紗遮面，且沉默寡言，行蹤神祕，雖然是二十年前就來到了石門縣，但是當地官吏對她的瞭解很少。

再次，枯娘半年多以前就失蹤了。

「二十年前來到石門縣，二十年……」沈嘉嘉喃喃道，仔細在頭腦裡搜索著，「好像有什麼事情發生在二十年前？是什麼呢？」

「二十年前恰好我生下來。」謝乘風心不在焉道，他正在剝桔子，見沈嘉嘉出神，他剝下一瓣桔子，仔仔細細撕掉白色的脈絡，塞進沈嘉嘉嘴裡。

沈嘉嘉下意識咀嚼，右腮鼓起來一個包。謝乘風握著桔子看她，心想，我的娘子真可愛。

「二十年，石門縣，仵作，二十年，仵作……」沈嘉嘉呢喃沉思著，慢慢地，腦海中浮現出一段話。

「三娘不必著急，衙門裡往年也是有不少懸案的，鄭仵作自己的徒弟死了也沒查出兇手呢。有些案子能不能破，也看命。」

「啊，六郎出事了？」

「不是六郎，二十年前的事了。」

二十年前，鄭仵作的徒弟死了。二十年前，枯娘作為一個仵作，出現在石門縣。

是巧合嗎？

沈嘉嘉與謝乘風立即去找鄭仵作。

「鄭仵作，可否講一講當年你徒弟遇害一事？」

「怎麼突然問起這個？」鄭仵作奇怪地看著他們。

「嗯，近些天一直在看過往卷宗，有了些疑惑。」

「唉，」鄭仵作搖頭嘆了口氣，「我那徒弟喚作石五娘，她——」

「啊！」沈嘉嘉驚得失聲。

「怎麼了？」

「她也是女子？」

「是啊，我知道女仵作不多見，不過她卻是比許多男子都厲害的。咦，三娘妳為什麼要說『也』？」

沈嘉嘉用食指輕輕戳著太陽穴。石五娘是女仵作，枯娘也是女仵作；石五娘師承擅長推演死亡時間的鄭仵作，枯娘也擅長推演死亡時間；石五娘死於二十年前，枯娘二十年前突然出現……

沈嘉嘉腦海裡盤旋著一個猜測，這個猜測很荒謬，但是她的預感很強烈，總感覺這也許是唯一合理的解釋了。

「鄭仵作，你可知道石五娘葬在何處？」

「知道，你們要做什麼？」

「我們想唔——」

謝乘風突然捂住沈嘉嘉的嘴，笑道：「我們找到了一點關於石五娘之死的線索，想先前去祭奠一番。」

此案時間久遠，鄭仵作根本不抱希望，又不想打擊到眼前這兩個年輕人，雖說辦案之前先去祭奠死者有點古怪，不過那是人家的講究，鄭仵作也不打算過問太多。於是他說道：「好，我讓六郎帶你們去。」

告別鄭仵作後，沈嘉嘉拿眼瞪謝乘風，謝乘風微微彎腰，在她身旁低聲解釋道：「我們現在什麼證據都沒有，想掘他徒弟的墳，這老頭定然不肯答應。」

「那我去找府君。」

「府君也不可能聽妳幾句推測就允許妳幹掘墳的勾當，這些帳都要算到他頭上的。官場上的人哪，向來多一事不如少一事。」

沈嘉嘉本來還不服氣，聽罷謝乘風一番話，便知自己還是太天真了。她只好問道：「那現在怎麼辦？」

「妳傻呀，明著不能挖，那我們就偷偷地挖。」

沈嘉嘉與謝乘風祭奠完石五娘那日的晚上，謝乘風找來一班幫手，把石五娘的墳掘了，棺材撬開，裡頭果然沒有屍體，只有幾塊石頭。看樣子，這石五娘在下葬之前就已經脫身了。

「如果我們的推測是正確的，那麼到底發生了什麼，使得石五娘不得不假死脫身，從此遠離京城隱姓埋名？她又為何失蹤？為何她前腳失蹤後腳白雲道長就出現在京城？白雲道長是她的什麼人？還是說，白雲道長就是她本人？」

沈嘉嘉一腦門的疑問，眉頭皺成一團。

謝乘風揉了一把她的腦袋，「這樣想也想不出什麼，不如先找鄭仵作打聽一下石五娘。」

「嗯。」

兩人於是又去找鄭仵作。

「鄭仵作，石五娘死的那幾天發生的事情，你還記得嗎？」

「我只記得她死的那天是三月初二，我正——」

「你說什麼？」謝乘風忽然站起身，扶著鄭仵作的肩膀，「三月初二？」

「對啊，是三月初二，我不會記錯，那天是我娘的壽辰。」鄭仵作的肩膀被他捏得甚是疼痛，忍不住皺眉求助地看向沈嘉嘉。

沈嘉嘉發覺謝乘風不太對勁，輕輕拉開他，小聲詢問道：「怎麼了？」

「三月初二是我兄長的忌日。」

第十一章　羨乘風

兄長被殺害的那日剛剛好就是石五娘假死的那天。

而疑似石五娘的兇手剛剛好又來殺他。

謝乘風不相信世上的巧合能有這麼多，當即道：「我回家問問。」他走出幾步，一回頭見沈嘉嘉立在原地看他，於是朝她伸了伸手，「愣著做什麼，走了。」

沈嘉嘉也很好奇到底怎麼回事，只是還有些猶豫，歪了歪頭問道：「我……方便嗎？」

「有什麼不方便的。」謝乘風心想，都快成夫妻了。

兩人來到長公主府，正趕上晚飯。長公主的目光掃過沈嘉嘉，微微笑了一下，命人加上兩副碗筷。

於是只好先吃飯。

沈嘉嘉素來是不會虧待自己的嘴的，今日頂著長公主夫婦毫不掩飾的探究目光，多少有些侷促，便只吃面前那盤蝦仁蘆筍。

謝乘風不管那些，用公筷夾了不少菜，滿滿當當地擺在她碗裡，都是她愛吃的。

「夠了、夠了。」沈嘉嘉說。

謝乘風笑，小聲說：「妳當我不知道妳的飯量嗎？」

把沈嘉嘉說得一陣臉熱。

飯畢，幾人坐著喝茶聊天，謝乘風這才問道：「爹、娘，你們可曾聽過石五娘這個人？」

「石五娘？」長公主端茶的動作頓了一下，仔細地在回憶裡搜索一番，搖頭道：「不曾聽說。」

謝乘風又看向他爹。

謝炯搖搖頭，面色稍有些不自然，反問：「你們又在辦什麼案子？」

「實不相瞞，我們懷疑石五娘是殺害兄長的真兇。」

「什麼？」謝炯臉色驟變，驚得手中茶碗滾落，潑了一身的茶水，最後噹啷撞在地上，摔得粉碎。

謝乘風三言兩語把事情說了一番，長公主又驚又怒，重重地一拍桌子，「那石五娘現在在哪裡！」說著視線掃到她的駙馬，見他一臉驚疑不定，一看就是有鬼，於是抄起茶碗打向他，「謝炯！你膽敢聯合外人殺我兒子！」

「怎麼可能！」謝炯急忙辯解，「妳兒子也是我兒子，我怎麼會害自己的親骨肉！」

「那你說，那石五娘是誰，現在又在哪裡？」

「這我怎麼知道……」

「謝侯爺，」女孩的聲音陡然插了過來，阻止了長公主繼續發作。沈嘉嘉不緊不慢道：「那石五娘如今回了京城，已經暗害過一次謝公子，謝公子能留一條性命實屬僥倖，敵在暗我在明，倘若你不說清楚，只怕……」只怕下次，就沒這麼好運了。

謝炯額上已經見汗，聽到沈嘉嘉如是說，頹然一笑，「也罷。」

接著他便講了些陳年舊事。

那年他進京考試，倒楣地捲進一場命案，被指認殺人，百口莫辯之際，仵作石五娘查驗屍體，找出證據為他洗脫了嫌疑，兩人自此相識。那石五娘生得風流俊俏，謝炯也是一表人才，兩人正值青春年華，來往之間生了情意。謝炯許諾高中之後便來求娶石五娘，哪知天不遂人願，先帝相中了謝炯，有意將公主許配予他……

長公主聽到這裡冷笑：「好一句『天不遂人願』，說的本宮像是惡人阻了你的好姻緣！本宮明明記得，你當年中了進士，一時忘形得罪了權臣王丞相，自知官場無望這才向父皇求娶本宮。本宮看在你皮相尚可的分上這才答應。」

謝炯被戳到痛處，張口欲反駁。沈嘉嘉陡然看了不該看的、聽了不該聽的，她知道自己不能待下去了，起身悄悄地退出房間。走到門口時，她回頭看了眼謝乘風，見他一副天將崩塌的模樣，莫名的竟有些心疼他。

是夜，謝乘風一人坐在房間發呆，耳邊來來去去是他父母的吵架聲、互相指責的聲音，他一直以為父母琴瑟和鳴，是人人羨慕的眷侶，卻沒料到往事竟然那樣不堪。明知道不是自己的錯，可他依舊會覺得羞愧和難過。尤其，尤其還是在她面前……

正心煩意亂時，外頭傳來敲門聲。

謝乘風揚聲道：「出去，別打擾我。」

那人聾了一般，繼續敲。

謝乘風火冒三丈，走過去呼地一下拉開門，正要給對方一個教訓，定睛一看，門口站著的是沈嘉嘉。

他的火氣一下子全被澆滅了，聲音放輕了一些，問道：「怎麼是妳？」

沈嘉嘉仰臉看著他，「你沒事吧？」

她在關心他……

謝乘風心頭一暖，莫名竟有些鼻酸，「沒事。」

沈嘉嘉從身後拿出一個提盒，「我帶了些吃的給你。」

謝乘風的視線越過她的頭，朝院中望了望。他之前因為心煩，把院中下人都趕走了，這會兒沒人瞧見。他知道深更半夜去敲男人的門對一個未出閣女孩意味著什麼，沈嘉嘉在這方面心比較大，他卻不能讓旁人去壞了她的名節。

沈嘉嘉帶著一身涼意走進房間。

謝乘風倒茶時，她的視線在房間內掃了一圈，最後落在擺在架子的一艘船上。那船隻有一尺多長，金燦燦的，做得異常逼真。

謝乘風把熱茶塞進她手裡，「先喝點茶暖暖身子，外頭那麼冷，妳該喚人給妳加衣服。在我家還見什麼外。」說著轉身走到架子前，抬手拿下那艘船擺到她面前，「我就知道妳會喜歡它，早就想給妳了。」

沈嘉嘉挺不好意思的。她是來安慰他的，不是來占便宜的……

沈嘉嘉看船，謝乘風托著下巴看她。他的姑娘，在燈影搖曳裡美得像一幅畫卷，不，畫卷哪裡有她的靈氣逼人呢。

沈嘉嘉看了會兒船，目光一轉看向謝乘風，哪知謝乘風已經盯了她半天，此刻四目相對，他微微瞇了瞇眼，目光溫柔了點，卻又帶了些意味不明的侵略性，沈嘉嘉頓時心下一陣慌亂，移開視線。

謝乘風積攢了半天的鬱氣消散大半，他低頭，從食盒裡拿了塊點心來吃。

沈嘉嘉看著人慢條斯理地吃點心，不得不說他這樣真是賞心悅目。她忽然有些惆悵：「其實，我挺羨慕你的。」

「羨慕我什麼，有個負心爹？」

「不是，」沈嘉嘉搖頭，神色頗為認真，「我羨慕你想做什麼便做什麼，這份自由，已經遠勝世上絕大多數的人了。」

謝乘風抬眼看她。

「我生在市井之間，街坊四鄰都是普通人家。大部分的人一生庸庸碌碌，都在為衣食奔波，能吃飽穿暖便知足了，這還是好的。鄉下有些人家，窮得全家只有一條褲子。書上說，燕雀焉知鴻鵠之志，我有時候想，假如燕雀生來便有數不盡的吃食，每日不必為那一條蟲、一粒穀而辛苦勞累，那麼焉知燕雀不會有鴻鵠之志呢。所以乘風，我羨慕你，你生來便不必做燕雀。」

謝乘風從未想過這些，也沒人對他講過。他覺得有些震撼，又有些委屈，卻不知道在為誰而委屈。他問道：「那麼妳……」

「我自然更加羨慕你。我生來是個姑娘，女孩子家的世界太小了，越長大越小，最後小到只有嫁人生子了。所有的人都只在意我嫁什麼人，生什麼孩子，完全不在意我自己喜歡什麼、我想做什麼、想成為什麼樣的人……他們完全不在意。」沈嘉嘉說著說著，斂了眉，低頭苦笑。

一隻手掌輕輕地按在她的手上，掌心溫暖而乾燥。沈嘉嘉抬頭，對上謝乘風溫柔的目光。

「我在意，」他的目光前所未有的認真，「我知道妳喜歡什麼、妳想做什麼、想成為什麼樣的人。我知道，並且我在意。」

次日，長公主夫婦還在慪氣。沈嘉嘉早飯吃了蟹黃包、粳米粥，搭配幾碟精緻小菜，吃得她直瞇眼睛。

謝乘風一手拄著下巴看她，覺得她鼓鼓的腮幫子甚是有趣，想摸摸。

吃過晚飯隨意在府中散步消食，沈嘉嘉走著走著，突然說道：「關於此案，我尚有些疑惑想要解答，只怕必須親自去趟石門縣。」

一介女子，為了查個案子便打算千里奔波，不愧是沈嘉嘉啊。

謝乘風問道：「什麼疑惑，必須去石門縣？」

沈嘉嘉想要開口，又怕被人聽了去，於是踮起腳悄悄附到他耳邊。

謝乘風比她高出不少，此刻微微彎腰。她講話時熱氣噴在他耳畔，只覺那一片肌膚都變得火熱難當，漸漸地神思飄搖，也不知道在想些什麼。

沈嘉嘉說完，問道：「你覺得怎樣？」

我覺得妳，香香的……

沈嘉嘉莫名其妙，跟他講案子，他臉紅什麼？

謝乘風抬起袖子假意搧風，裝模作樣道：「今日真熱。」

沈嘉嘉看看天空，一臉古怪地看他：「現在是冬季……」

「妳不懂，我們習武之人，無論寒暑，都是一身正氣護體，會覺得熱。」

「是這樣嗎？」

「嗯。走，我帶妳看看我的兵器庫。」

因謝乘風自小習武，長公主府專為他辟了一片練武場，場邊便是兵器房。兵器房內琳琅滿目地擺著各式武器，都擦得錚亮，沈嘉嘉看得應接不暇。

她好奇地左看看右看看，問：「這些你都會嗎？」

「嗯。師父說我是百年難得一遇的練武奇才。」

沈嘉嘉心想，府上的武學師父為了混口飯吃，殊為不易。

「妳別不相信我說的。」謝乘風抓起一把針形暗器，「看著。」說著，揚手便朝房檐下的麻雀巢打去。

那巢裡還住著麻雀，兩個褐色的小腦袋探出來，好奇地看著他們，沈嘉嘉一陣不忍，生怕他真的打中，「欸！」

她剛要阻止，只見嗖嗖嗖，六根鋼針，彷彿細碎的流光朝雀巢飛去。

沈嘉嘉心中一涼。原以為會看到麻雀的屍體，卻見那六根鋼針圍著雀巢的下圍形成一個弧形，盡數釘在房梁上，貼著雀巢，卻與雀巢秋毫未犯。

那麻雀甚至沒被驚擾到，繼續好奇的看他們，也不知是不是習慣了。

神乎其技！

沈嘉嘉目瞪口呆地看向謝乘風。

謝乘風心內得意，面上卻不顯，故作鎮定道：「再給妳看個好玩的。」

說著他忽然走近，手攬上她的腰肢。沈嘉嘉剛要反抗，卻覺被他摟著，腳突然離了地。

啊啊啊，飛起來了！

她確實構想過很多次想像鳥一樣飛翔，如今真的飛起來了，她既驚訝又興奮，還隱隱有些害怕，本能地緊摟住身邊的人。

被心上人溫香軟玉般的身體緊緊貼著，謝乘風感覺自己的心跳重得快要爆炸了。在屋頂和大樹間起落幾回，他帶著她穩穩落地。

沈嘉嘉拍著胸口，一仰頭，看到謝乘風緋紅的臉頰，他的眸光瑩亮，嘴唇也比平常紅潤，襯著冬日的陽光，一副秀色可餐的模樣。

謝乘風摸了摸臉，「習武之人，妳懂的。」語氣鎮定又正經。

「嗯。」沈嘉嘉想到方才她與他身體相貼，飛的時候只顧興奮，此刻回想，卻覺頗為羞赧，一時間也紅了臉。她慌忙將視線向下移，看向他的右手，「這裡有什麼玄機？」

方才他一抬這隻手，他們就能飛起來。

謝乘風拉起袖子，露出腕上纏著的又軟又細的鋼索，鋼索盡頭是一個鋼爪。他解釋道：「這是爪索，按動機括可飛出爪頭扣在高處，人吊在上頭便能飛簷走壁。」

沈嘉嘉盯著爪索，睫毛如蝶翅輕撲。謝乘風莞爾，把爪索解下來給她玩。

她研究爪索時，他忽然喚她：「嘉嘉。」

「嗯？」

「我陪妳去石門吧。我能護妳周全。」

不提沈嘉嘉與謝乘風如何各自說動父母，三日後兩人輕車簡從，這便出發了。長公主不放心，派了兩個武藝高強又有江湖經驗的護衛給他們。本來想派十八個的，奈何謝乘風不從，好說歹說，他只收了兩個。

趕了一天路，第一日宿在一個叫松泉鎮的地方。沈嘉嘉第一次出遠門，白日裡有些興奮，到傍晚漸漸疲憊，吃過晚飯便打算休息。她剛要熄燈，忽聽到有人輕輕敲窗。

她頓生警惕，「誰？」

「是我。」

雖然聲音壓得很低，沈嘉嘉依舊聽出是謝乘風。

沈嘉嘉推開窗看他，「何事？」

謝乘風懷裡抱著個鋪蓋卷，把鋪蓋卷順窗往裡一扔，接著他自己也輕巧地翻進來。沈嘉嘉只覺眼前影子一晃，他便已穩穩站定，回手把窗關嚴。衣袖間還帶著冬夜裡的絲絲涼意。

「你……」

「我今晚在這睡。我睡地上。」

「不行。」

「嘉嘉，她想殺妳。」

沈嘉嘉還想阻止，可是看他動作自然地在地上鋪床，就像在自己家裡一樣，她突然也不好意思矯情了。石五娘確實想殺她，謝乘風也是真心想護她。

她心底滑過一片暖意，連忙說道：「可是地上涼，你睡床上吧。」

謝乘風動作頓住，捏著被子背對著她，「這……不、不好吧？」聲音隱隱帶著些極力壓制的顫意。

「有什麼不好的？」

謝乘風低低地「嗯」了一聲，抱起被子走向床邊。

沈嘉嘉繼續說道：「我睡地上……你怎麼了，臉這麼紅？」剛說完，立刻明白他是誤會了，頓覺臉頰發燙，氣道，「你胡思亂想什麼呀！」

謝乘風轉身走開，繼續在地上鋪床，一邊鋪，一邊理直氣壯地反駁：「我想娶妻有錯嗎！」

「……」

你還挺委屈。

沈嘉嘉上床，拉下帳子不理他了。謝乘風鋪好床，起身吹熄了房間裡的燈。沈嘉嘉陷在一片黑暗裡，聽著帳子外他窸窣脫外衣的聲音。她閉上眼，滿腦子都是方才男人在燭光下紅著臉、長身玉立，眸子水潤帶著熱度注視她的樣子，她不敢讓他知曉，那一刻她的心跳有多快。

沈嘉嘉翻了幾個身，又開口喚他：「乘風。」

漆黑寂靜的夜，孤男寡女共處一室，僅僅隔著一層帳子，使得這一聲稱呼裡的曖昧無限放大。謝乘風本就睡不著，這會兒更加地睡不著了。身體裡莫名地湧起一股燥熱，他把胳膊伸出被子想讓那股燥熱散一散，一邊應道：「嗯？」

「你冷不冷呀？我讓小二加床被子？」

「不冷。我現在很熱。」

「啊？可是地上那麼涼。」

「不信妳來摸摸。」

沈嘉嘉翻身把臉藏在被子裡，後悔關心這流氓。

謝乘風：「以後我每日都幫我的娘子暖床。妳覺得如何？」

「你並沒有娘子。」

「……」

次日一早，沈嘉嘉先醒。她披衣下床，見謝乘風依舊睡著。他的睡相很好，平躺著，被子蓋得安穩齊整，她走過去彎腰看。他閉著眼睛，呼吸綿長，謫仙般的一張俊臉安安靜靜的，整個人顯出一種與平時不符的乖巧。

就這張臉，配這世上任何女子也是夠的吧。

沈嘉嘉想到他平日種種，不自覺嘆了口氣，微微啟唇，像是對他說，又像是自言自語：「我到底哪裡好？」

他濃黑的睫毛輕輕顫了顫，依舊閉著眼睛，唇角卻彎起來，「哪裡都好，樣樣都好。」

隨行的兩名護衛，一個叫馮甲，一個叫何四，兩人自負武藝卓絕，一開始見謝乘風細皮嫩肉，多有輕視之意，直到他們遇到了攔路搶劫的土匪。那土匪一夥十幾人，根本沒把他們放在眼裡。

收了長公主許多金銀，也該是爺們站出來的時候了……馮甲按住刀鞘這樣想著，忽然旁側伸出一隻白皙修長的手，抽出他腰上的鋼刀。

謝乘風掂了掂手中的刀，說道：「輕了點。」

馮甲心中罵娘。愣頭青，這可不是玩鬧的時候！馮甲：「公子使不得，刀劍無眼，還是還給小人吧。」

「你們兩個，看好沈娘子。」謝乘風說著，持刀衝向土匪。

片刻之後。

謝乘風提刀立在一堆橫七豎八的軀體間，那些土匪齊齊蜷縮在地上，捂著右肩或哀嚎或求饒。他們所有人都被砍去了右臂。

馮甲與何四面面相覷。

你都那麼厲害了還要我們做什麼？是不是缺看倌？需不需要為你喝采？

謝乘風走過來，一抬手，鋼刀鏗鏘入鞘。

「從現在開始你們只管保護好沈娘子，明白了嗎？」

「小人明白。」

石門縣四面環山，以山石為門戶，因此得名。入石門縣需得經過一條山谷，山谷狹窄，兩邊崖壁陡直，如刀削一般。馬車不便通行，沈嘉嘉棄了馬車與謝乘風同乘一騎。一行四人在山谷中走著走著，前面突然多了一堆樹枝擋路，樹枝堆得有房梁那麼高。沈嘉嘉未及細想，忽聽到身後不遠處「碰」的一聲巨響，她轉身一看，見身後也多了一大堆樹枝，顯然是剛剛從高處落下來的，或者更確切地說，是被人從高處推下來的。

馮甲大叫一聲：「不好！」

話音未落，只見從高處極快地飛下兩隻火箭，打入樹枝，那樹枝上明顯是浸了火油，遇火呼地一下爆燃起來，空氣中彌漫起滾滾濃煙，朝他們撲來。三人拉住韁繩，穩住受驚的馬。

馮甲吸了吸鼻子，警惕道：「公子，這煙中有迷香，或是還有其他毒物，我們必須立刻逃離此處，去上風口。」

謝乘風把沈嘉嘉往懷中一攬，「憋住氣，閉上眼。」說著，腕上爪索飛出，勾住崖壁上的凸出之處，借力在石壁上飛蕩，敏捷如猿。沈嘉嘉埋在他懷中緊摟著他，不敢呼吸也不敢抬頭，心跳極快，胸腔憋得難受，有那麼一瞬間她以為自己就要死在這裡了，想一想，死在他懷裡，也還不算壞。

落地時，沈嘉嘉依舊有些眩暈。新鮮清涼的空氣進入胸肺，她感覺自己終於活過來了。

謝乘風把她從上到下仔細打量了一下，最後揉了揉她的頭，「沒事。」

沈嘉嘉紅了紅臉，「嗯。」

馮甲與何四沒有兵器傍身，逃得十分狼狽，馮甲的手臂燙紅了，何四連鬍子都燒沒了。幸好終究是逃出來了。

馮甲大罵道：「這賊人想熏死我們，好生歹毒！」

何四擰眉道：「這山谷還沒走完，也不知道前頭還有沒有埋伏。」

謝乘風沉思，那人詭計多端，這樣的山谷又確實很適合埋伏。

沈嘉嘉問道：「能繞路嗎？」

馮甲拿出地圖，四人圍著地圖看了看，結論是能繞，前面就有個岔路口。繞路要費些時間，且那條路並非官道，於他們而言更加陌生，也同樣危險。

幾人面面相覷，謝乘風終於說道：「繞吧。」

馬已經葬身火海，只能徒步。他們想儘快離開這裡，腳步不自覺加快，不多一會兒便到了岔路口。幾人走出山谷，稍稍鬆了口氣，沿著山路先下後上，最後來到一道索橋前。

索橋約莫六七丈長，連接兩處懸崖，底下是深淵，纏繞著絲絲縷縷的霧氣，看不真切，目測至少百丈深。馮甲擔心有埋伏，先走上橋，在橋上中間還跳了跳，那索橋晃晃蕩蕩，倒是沒什麼異樣。馮甲一口氣走到對面，回頭朝謝乘風招了招手，「公子，此路可行。」

謝乘風三人這才上橋。

馮甲站在橋頭觀望，待謝乘風與沈嘉嘉走到橋中間時，馮甲看到不遠處山頭上斜射出一道亮光，習武之人目力極好，一眼看出那是枝火箭，他大吼一聲：「不好！公子小心！」

沈嘉嘉扭頭也看到逼近的火箭，感到一陣古怪，要殺人，淬毒即可，為什麼用火箭？電光石火間她的腦海裡閃過一個猜測，脫口而出道：「有火藥！」

謝乘風反應極快，摟著她翻身跳橋，沈嘉嘉在空中飄落時，看到火箭直直奔向橋底，自然，也看到了橋底綁著的一個大包裹。所以，火箭的目標本就不是他們，而是橋底的火藥。

在火箭釘上去的一瞬間，那火藥轟然炸開，熱浪炙得她臉龐生疼。沈嘉嘉扭臉看著下方深淵，心想，終於還是要死了嗎……

火藥將索橋從中間炸斷，斷橋向兩邊垂落，謝乘風借機抬手，爪索飛出，牢牢扣住斷橋一端，本來下墜的兩人隨之改變方向，彷彿蕩起一個巨大的鞦韆，在這懸崖之間劃出一個驚心動魄的弧度。

沈嘉嘉耳邊是呼呼的風聲，鬼泣一般，面前是謝乘風的胸口，比海還要寬闊，比冬夜裡的炭火還要溫暖。

頭頂上，他的聲音迎著風響起：「嘉嘉，別怕。」

鞦韆蕩到了頭，謝乘風用腳掌點了幾下石壁，卸掉衝力。沈嘉嘉仰頭看向上方，馮甲正趴在懸崖邊上看他們，見他們終於到達石壁，立刻道，「公子加把勁！」

此時他們距離約莫三、四丈遠，謝乘風借著爪索向上衝了一段，突然對沈嘉嘉說：「嘉嘉，這爪索今日如此消耗，快不行了。」

沈嘉嘉滿以為他們很快就能死裡逃生了，此時無異於晴天霹靂：「啊？那你快放開我！」

「不行，我說過我能保護妳。」

「乘風，你快放開我，你放開我……」

謝乘風摟著她又向上攀了一段，「嘉嘉，別忘了我。」說完，使出渾身力氣把沈嘉嘉往上一拋，馮甲眼疾手快接住了她。

沈嘉嘉掙開馮甲，不顧一切地爬到崖邊，馮甲連忙拉住她，「娘子冷靜！」

她趴在崖邊看到了謝乘風，方才扔她用力太狠，爪索支撐不住已經脫了力，他面對著她向深淵墜落，見她哭得撕心裂肺，還對她露出一個安撫的笑。

第十二章　紅妝

馮甲生怕沈娘子跟著跳下去，攔著她說道：「娘子，方才何四也掉下去了，也不知那賊子還有多少陷阱，眼下不如先去石門縣。」

沈嘉邊擦眼淚邊說：「你說的是！我們這就去縣衙找人來救他們。」

馮甲點點頭，心內卻直嘆氣。這麼高的地方掉下去，只怕十死無生啊。

兩人急急忙忙下山，好在這一路上倒沒再遇上什麼危險，過午到了石門縣。縣令聽說有人帶著吏部文書造訪，連忙放下手中事務接見，本來心裡還想著好好招待京裡來的貴客，說不定就成了他升遷的機會。待到見了那兩位狼狽的「貴客」，聽完對方講述遭遇，縣令登時五雷轟頂，連忙調了一批捕快聽憑沈嘉嘉調遣。

沈嘉嘉帶人殺回斷橋下。原來那崖底是一道湍急的河流，河水冰冷刺骨。沈嘉嘉只盼謝乘風兩人能掉進河裡，那樣也許還有一線生機。不過就算掉進河裡，也一定要及時撈起來，否則凍也凍死了。

所謂「活要見人，死要見屍。」

眾人沿著河兩岸一路尋找，傍晚時分，沈嘉嘉聽到對岸有人大喊：「找到了！」

他們找到了何四的屍體。

沈嘉嘉確認那是何四之後，說道：「繼續找。」

她的臉白得嚇人，也不知是冷得還是急得。馮甲看著都心疼起來。他站在高處四下裡張望，想看看這附近有無村落，夜裡這裡會更冷，沈娘子若是不走，須得找些禦寒的東西。

正張望著，馮甲發現有個人站在石頭後面正在看他們。那人臉孔粗糙蠟黃，形態畏縮，身後揹著一捆柴。馮甲防備地按住刀柄，那人見他動作，嚇得連忙從石頭後走出來直作揖：「好漢饒命，好漢饒命！」猝不及防倒是把幾個捕快嚇了一跳。

沈嘉嘉見有路人，心裡升起一點希望，忙說道：「你不要怕，我們是好人。請問你在這附近見過別人嗎？地上或者河裡，活人或者……屍體。」

「啊？我也不知道他是活的還是死的，我看到羅老二揹著他。」

「在哪裡？他長得怎麼樣？那羅二揹著他去了哪裡？」

沈嘉嘉兩眼冒光，不大像個尋常姑娘，那人被嚇得退後幾步，「他他他，他穿紅衣服。」

「對，他就是穿著紅衣服！」

「羅老二在河邊撿到他呢，便揹回家了。」

「煩請你帶我們去羅老二家。」沈嘉嘉急切道，見他發呆，便從懷裡摸出荷包。

馮甲怕沈嘉嘉沒輕重，按住了她，遞給那人一小塊碎銀，「事成之後，還有重謝。」

沈嘉嘉見到謝乘風時，他已換下濕衣，穿著一身乾燥的短打，披著頭髮坐在床邊喝薑湯。室內點著一豆油燈，外頭有兩、三個小孩在對著窗戶叫：「大啞巴、大啞巴！」

那個叫羅老二的獵戶假意要拿鞋底打他們，「滾！」

謝乘風額角青了一塊，看到沈嘉嘉來，朝她笑了笑，那神情彷彿在說，我知道妳會來。

沈嘉嘉的眼淚終於決堤，哭著走上前。

羅二問道：「他是妳什麼人？」

沈嘉嘉沒答。

謝乘風指了指沈嘉嘉，又指了指自己，兩個拇指對了對。

沈嘉嘉頓覺古怪，「乘風，你不會說話了？」

謝乘風低下頭。

「怎麼會這樣……」

馮甲在旁安慰道：「娘子，公子想必是撞著了腦袋暫時失語，往後應當能恢復。等回去找個大夫好好看一下。」

沈嘉嘉既心疼又愧疚，揚起一張淚痕斑駁的小臉，惡狠狠道：「你放心，我一定會把那個人揪出來，繩之以法。」

謝乘風笑望著她，無聲道：我等妳。

捕快們累了半天，建議晚上就宿在這個山中村落裡，明天再回去。馮甲卻道：「遲則生變，那賊人奸詐兇狠，他現在毫無準備，我們返回石門縣才更安全。否則等到明日，不知他會不會捲土重來。」

「倘若路上遇到野獸……」

馮甲拍了拍腰上鋼刀，「那麼諸位就有肉吃了。」

於是一行人連夜下山，馮甲本打算揹著謝乘風，不過後者除了磕到腦袋，身上其他地方都是輕傷，同其他人一起走回去了。回到縣衙，請了大夫為謝乘風診斷一番，也是如馮甲所說，磕到腦袋暫時失語。

縣令生怕再出大事自己官帽不保，加派了許多人手在縣衙內外巡邏。沈嘉嘉這一天過得提心吊膽大悲大喜，晚上接連不斷地做噩夢，夢裡她在河裡看到一具屍體，他們都說那是何四，可是翻過臉來一看，是謝乘風！她大哭，哭著喊他的名字。掙扎中感覺手被人握住，掌心溫暖，她聽到耳邊有人輕聲喚她，「嘉嘉不怕，我在。」似真似幻，似夢似醒。

次日一早，縣令請了石門縣醫術最高的人又來為謝乘風診治，也順便替其他人看看有無風寒。那大夫是個醫女，名叫童佳悅，醫術高超，聲名遠播，據說經常有人不遠千里來找她求醫問藥。沈嘉嘉見童醫女以白紗覆面，氣質清冷，聲如環佩般叮噹，想必大有來歷。

用過早飯，沈嘉嘉去看望謝乘風，「我今日去枯娘的墳上看看。」她本想問他要不要去，見他臉色蒼白，神色倦怠，她於是改口，「你好好休息。」

路上，沈嘉嘉與老捕快打聽關於枯娘的一切。那枯娘性格怪異，行蹤神祕，平生沒結交什麼朋友，只知道她在鷹嘴山下結廬而居，沒有家人。鷹嘴山因山頭形似鷹嘴而得名，那山很邪門，經常有毒蛇、毒蟲出沒，死過幾個人之後就沒人敢去了。翻過鷹嘴山是大朝山，大朝山上有個道觀，叫大朝天師府，本地人都直接喚作天師府。

沈嘉嘉聽到道觀兩個字，眉頭跳了跳。

「那麼她是怎麼死的呢？」

「暴斃而亡，死因查不明白，石門縣最厲害的仵作是她自己。」

枯娘暴斃之後，衙門裡幾個同僚湊錢將她安葬了。大家心有忌諱，也沒人去過她在鷹嘴山下的家。

沈嘉嘉隱隱感覺，她離真相越來越近了。

枯娘的墳墓無人祭掃，墳上荒草叢生，幾個捕快擼起袖子挖了一會兒，便挖到了封墓的石板。枯娘安葬的方式較為常見，用墓磚砌一個長約一丈、寬約七尺的墓室，棺材下葬後以石板蓋住墓室，最後蓋上土。

翻開石板，眾人便看到墓室中的棺材。眾捕快並不著急開棺，而是念念有詞祝禱一番，這才下手。

棺材一開，一股腐臭味撲面而來，眾人捂著鼻子掀開棺材蓋，那老捕快看到棺材內情形，

「啊」的一聲驚叫。

眾人伸頭看去，卻只見棺材裡哪有什麼枯娘，只有一隻死鹿，幾乎爛完了。

捕快指著棺材問沈嘉嘉，「沈娘子，這是怎麼回事？枯娘她她她，她沒死啊？」

沈嘉嘉沉默不語，走到棺材前，忍著噁心翻看鹿屍，之後又把墓室和棺材都檢查了一遍，每個角落都不放過。最後，她看著封棺的石板。

石板背面有一團烏黑，不太明顯，她用指尖刮了刮那層烏黑，湊到鼻端聞了聞。

她的臉色變了幾變，最後完全褪去了血色，一片煞白。

馮甲擰眉，「娘子……」

「馮大哥，我想請你幫個忙。」

馮甲是被扶回去的。他不小心踩到了捕獸夾，半條腿都是血。縣令都快愁死了，這幾位貴人與他八字相克啊，這個出完事那個出，難道他註定要被貶官了嗎？

沈嘉嘉紅著眼睛告訴謝乘風，「其實馮大哥是為了救我。先是你，又是馮大哥，我覺得自己是個害人精。」

謝乘風安慰地摸了摸她的頭。

沈嘉嘉紅了紅臉，「我我，我一會兒還得出去一趟，我想去看看枯娘的住處，再去天師府打聽打聽。」

他在她手心裡寫：我陪妳。

沈嘉嘉搖頭道：「你好好休息。」

謝乘風：我陪妳。

馮甲腿受傷，沈嘉嘉和謝乘風去鷹嘴山時便沒帶上他，只帶了幾個捕快。鷹嘴山的傳言太可怕，幾個捕快挖墳時都沒那麼緊張，這會兒卻是如臨大敵。枯娘的草廬久未修繕，已經破敗不堪，沈嘉嘉在裡面找了半天，也沒找到什麼有用的線索。她有些失望。

謝乘風拉了拉她的手，指了指鷹嘴山的另一邊。

去天師府看看。

一行人翻山去天師府。剛翻過鷹嘴山，卻見對面天師府的方向跌跌撞撞跑下來幾個人，邊跑邊大叫道：「殺人啦！殺人啦！」

幾人連忙跑過去，問道：「怎麼回事？」

「天師府、天師府……啊，死人了，都死了，啊啊啊！」

捕快們臉色巨變，提刀上山，有個心細的捕快把那幾個人帶回衙門，他們都是目擊證人。

沈嘉嘉與謝乘風對視一眼，兩人也跟著跑上去。

天師府一共有十三具屍體，應當是午飯時中毒身亡，死狀與當日楊夫人的死狀極為相似。

這可是驚天大案，捕快們忙作一團，沒人顧得上沈嘉嘉與謝乘風了。

沈嘉嘉怕自己破壞現場，轉頭對謝乘風說道，「走，我們出去轉轉。」

山上的風冰冷刺骨，刮得人臉疼。沈嘉嘉一邊走，一邊說道：「身上揹著十幾條人命，夜晚可能安眠否？」

說著轉過身，看向謝乘風。

謝乘風目光一閃，腳步定住。

沈嘉嘉朝他歪了歪頭，忽地一笑，「那麼，你為我準備的死法是什麼？」

他冷眼看她，表情陰鬱。

沈嘉嘉：「所以，我該叫你什麼，謝大郎？」

沈嘉嘉見他依舊沉默，只是冷漠地盯著她，目光銳利陰寒，她嚇得心臟狂跳，穩了穩心神，儘量使自己的語氣顯得冷靜而堅定。

她說：「早在之前，玉宵觀的道士供述便稱，白雲道長是一名男子，不過他一直蒙面示人，所以無人見過他的真面目，因此我們推測，這位白雲道長不是石五娘女扮男裝，便是石五娘的同夥。直到我們在石門縣挖了枯娘，也就是石五娘的墳，我才發現，這兩個猜測都錯了，那石五娘早已經死了，所謂的同夥自然也就不成立了。白雲道長從頭到尾都是這件事的主謀。半年多前，化名枯娘的石五娘死後，白雲道長來到京城，先向謝乘風出手，得手之後，寄宿在玉宵觀，以教唆殺人為樂。當我順著線索查到玉宵觀時，他又想殺我滅口，幸好當時命大逃過一劫。」沈嘉嘉說到這裡，驀地想到謝乘風，心口一陣鈍痛。

她忍下心痛，繼續說道：「當我們查到石五娘時，白雲道長知道再查下去他便會暴露，於是來到石門縣——或許更恰當地說，是回到石門縣——設計盜取了枯娘的屍體，以此誤導我們石五娘在石門縣也用了詐死之術。而世界上只剩下天師府的道士們見過白雲道長的真面目，因此白雲道長一不做二不休，直接滅了天師府滿門。石五娘已死，所有的命案都指向了一個已經死去的人，倘若我們追查下去，只會徒勞無功而不自知。這樣一來真正的兇手便可逍遙法外。白雲道長真是好算計。」

他的表情終於鬆動了，頗有興味地一揚眉：「妳怎麼確信，枯娘已死？」

沈嘉嘉並不意外他會開口說話，她答道：「白雲道長心思縝密，他知道用一般的方法瞞不過我們的眼睛。枯娘的墳墓無人祭掃，長滿野草，從上往下挖這個墳會留下挖掘痕跡，痕跡短短幾日無法消除，因此他設計了從墓室側面進入，以盜墓之法挖到墓室，撬開墓磚進入墓室，只要仔細清理，離開後把墓磚砌回原樣，便能以假亂真。與此同時他又熟悉仵作行當，知道就算盜走了屍體，那棺材內仍然留有腐屍的味道，依舊會暴露痕跡，因此他在野外找了一具死去多日的鹿屍放入棺材，以鹿屍的氣味掩蓋棺材內的屍臭，誤導我們當年下葬時是石五娘以鹿屍代替她自己從而金蟬脫殼。」

「不錯的猜測，可也只是猜測。」

「當我看到了壓墓室的石板時，這些猜測都得到了證實。」

「哦？」

「墓室漆黑，白雲道長點了蠟燭照明，而他為了收攏散碎的屍骨、同時又要把散碎的鹿屍擺放得以假亂真，必定要花費較長時間，所以蠟燭燃燒的時間也較長。他把蠟燭放在了棺材的邊沿，墓室低矮，所以蠟燭的火苗烤到了上方的石板，時間一長，留下了一團烏黑色。因此，當我見到石板上有烏黑色，仔細一聞有石蠟的氣味，且氣味比較新鮮時，我便知道，近期有人進過這間墓室、且絕對不是盜墓賊。因為盜墓賊不可能如此細緻地布置。排除掉所有的可能性，那就只剩下一個了——幕後真凶就是白雲道長，也就是你。」

他聽到這裡，禁不住鼓掌，「精彩、精彩。從何時開始疑我的？」

「當我們返回山谷尋找乘風時，你臨時起意偽裝成他。你雖與他長得一般模樣，穿著打扮卻全然不同，且他的衣服飾物多出自長公主府與皇宮，民間很難找到，更何況是在山裡。所以你買通了山民串好詞，引我們去找你，當我們找到你時，你已在山民羅二家換了粗布衣服，並且偽裝成受傷失語，避免因開口而露馬腳。到這裡，你所做的一切偽裝就都還是說得通的。可是當你離開羅二家時，對換下的衣服飾物隻字未提，那時我便隱隱感覺不對勁，只是因昨日太疲乏了，所以沒有細想。今日看到石五娘的棺材之後，才猛然頓悟。你明明沒受外傷卻身體虛弱，你明明大難不死卻沉靜冷漠，你對我親密不足，客氣有餘……你就算不開口，也與他大不相同。倘若是他，絕不會留我一人夜宿，倘若是他，即便身體不適，也會執意陪我出門，倘若是他，手也絕不會那麼涼……所以，你不是他。」

「你不是他，卻又仇恨他，你的長相與他極為相似，又與石五娘關係密切，如此種種，最大的可能性便是──你是他的雙胞胎兄弟。當年石五娘不僅自己詐死，同時也使計讓你詐死，不知她是心存善念還是設計報復，你沒有死。我不知你經歷了什麼，使你對世間充滿惡念，殘害手足，殺人如麻──」

「妳既然不知我經歷過什麼，又有何資格來審斷我？」他忽地打斷她，面含譏誚。

沈嘉嘉一怔，「我……」

「妳未曾經受過囚禁、虐打、不能出門、不能見人，甚至不能說話，妳未曾吃過餿飯、未曾跟老鼠搶過吃食，妳未曾經歷過，只是逃出去看看外面的世界，便要提心吊膽一整日，妳未曾有過，明明對一個人怕得要死、恨得要死，還要忍著噁心喊她一聲娘親？」

沈嘉嘉看著那張與謝乘風幾乎一模一樣的臉，她之前只想到石五娘會抹去眼前這人存在的痕跡，畢竟是偷來的長公主的孩子，倘若被發現那就是滅頂之災。卻沒料到，那石五娘已喪心病狂，如此殘忍地虐待一個小孩。

孩子有什麼錯？

他數落了一陣石五娘，忽而又笑了，笑得自嘲且悲涼，「是不是很好奇她為什麼沒殺我？我也奇怪呢。我忍著噁心喊了她幾年的娘，她就真的把我當兒子了。還教我讀書、教我道理，讓我好好做人？妳說可笑不可笑？一個惡鬼養出來的孩子，自然也該是惡鬼。這有什麼難以理解的？」

「可是……可是乘風是無辜的，他是你的親兄弟……」

「他無辜，我就不無辜嗎？憑什麼他錦衣玉食，我百般受虐？他享盡榮華富貴，就算死在二十歲也是賺的，有什麼可委屈的？」

「不是這樣的……」沈嘉嘉搖頭，他的身世悲慘又理直氣壯，導致她一時竟找不到合適的話反駁，只好說道，「那你又為何教唆殺人？錢御史與楊夫人同你無冤無仇。」

「負心之人，自是該死。」

「可這裡的道士呢？不無辜？」

他嗤笑，看著天真責備他的姑娘，目光裡忽然流露出一點羨慕。什麼樣的人才會活得如此天真爛漫呢？那樣一雙清澈的眼睛，彷彿從未被這世上的污穢沾染過。

他答道：「只是他們運氣不好罷了。有人生來富貴，有人生來是乞兒，這都是命，你我皆逃不脫。命不好，死就死了，下輩子再投個好胎。」

沈嘉嘉實在沒料到他竟然惡毒無恥到這個地步，她滿臉惱怒，「我不信命，我也不認命。」

謝大郎忽見沈嘉嘉朝他身後微不可察地點頭，他的反應也足夠迅捷，立刻欺身上前將沈嘉嘉扯進懷裡，袖中滑出一把精緻的匕首，他手握匕首抵住沈嘉嘉脖頸，挾持著她轉過身時，果然見馮甲與另兩個衙役正握刀向前，三人見他挾持沈嘉嘉，無奈停住腳步。那馮甲步伐穩健，氣勢洶洶，哪有半點受傷的樣子。

兩個衙役是馮甲從縣衙借的，這兩人不是功夫最好的，但是手腳最輕的，方才三人一起綴在他們身後，在他們停下來交談時藏在附近的樹叢後，將他們的談話盡數聽了去。收到沈娘子的示意時，馮甲的行動已經夠快了，奈何雙方有一段距離，終究被那賊人先下了手。

公子生死不明，倘若沈娘子再有個好歹，馮甲實在不知能有何面目回去見長公主。他朝謝大郎怒吼道：「你別為難一個小女子，老子與她換。」

謝大郎譏笑道：「你配嗎？」

沈嘉嘉兩腿發軟，手心裡全是汗。她緊張得喉嚨乾澀，吞了吞口水，說道：「方才回答了謝大郎那麼多問題，現下我尚有一點疑惑，請謝大郎為我解惑。」

「什麼？」

「你使的那毒藥是什麼來歷？連宮中御醫都參不透呢。」

「人都知食用河豚易中毒身亡，妳可知河豚身上最毒的是哪個地方？」

「哪裡？」

「卵袋。取春江水暖之河豚，剖出卵袋煉製即可得見血封喉的毒藥。幾百條河豚才得那樣一小瓶，怎麼？想不想嚐嚐？」

鋒利的匕首已經觸碰到了頸上的肌膚，冰涼的觸感使她的身體微微一顫。連呼吸都不敢用力。

沈嘉嘉知道此人心狠手辣，手段殘暴，今日她怕是凶多吉少了。這會兒也顧不得悲愴，一心只想交代後事，她朝馮甲說道：「馮大哥，我不要你換，我只要你捉到這個混蛋。他必定會把那見血封喉的毒藥隨身攜帶，你抓到他搜身即可得物證。剛才他所言你們也都聽到了，幾位都是人證。人證物證俱在，捉拿他，便是為我和乘風報仇了。」

「沈娘子！」

「馮大哥，請你轉告我爹娘，如今我不能盡孝了，下輩子還做他們的女兒。」

「沈娘子……」

「哦，還有，倘若找到乘風的屍體，請把我們葬在一處。倘若他還活著……」她說到這裡，搖了搖頭，「算了。」

謝大郎垂眸看了眼懷中瑟瑟發抖的女子，忽然生出幾分欣賞。他低下聲，語氣溫柔了幾分，說道：「我那弟弟，他真的很喜歡妳啊。」

沈嘉嘉冷道：「又關你什麼事。」

「因為我每次見到妳，都會心跳加快。」

沈嘉嘉終於支撐不住，淚水決了堤。

謝大郎滿意地聽著她的啜泣聲，笑道：「本來都有點捨不得殺妳了，奈何妳們非要我死。既然這樣，黃泉路上有妳作伴，倒也是不錯。」

沈嘉嘉大怒：「黃泉路上遇上你弟弟，他還不打死你。」

謝大郎沒有反駁，只是呵呵地笑，聽起來心情甚好，沈嘉嘉甚至從他的笑聲中聽出了幾分解脫。

他舉起匕首。沈嘉嘉閉上了眼睛。

「不要！」馮甲絕望喊道。雖然明知道來不及了，可他依舊不顧一切地衝上來。

忽然，不知從哪裡飛來一道白影。那東西不過銅板大小，飛得太快讓人看不清，驚虹一般霎時間掠到謝大郎面前，打在了他舉著匕首的手腕上。

謝大郎悶哼一聲，匕首脫手落地。

這一切來得太快，馮甲腳下還在飛奔，心內還在焦急，眼睛卻看到謝大郎面色慘白，手掌無力地垂下，顯見是腕骨被擊碎了。馮甲頓時有一種詭異的恍惚感。

那東西落地，馮甲才看出是一顆小石子。

嗖嗖嗖——

又三顆石子，飛過來同時打中謝大郎身上大穴，謝大郎無力倒下。

沈嘉嘉閉著眼睛沒等到死亡，等來的卻是那惡鬼放開了她。她疑惑地睜開眼睛，聽到不遠處的樹上傳來一道熟悉的聲音。

「你們，真當我是死的啊。」

沈嘉嘉精神一震，眼睛瞬間明亮起來，頃刻間又想到了什麼，有些忐忑地望著那聲音傳來的方向。

樹上躍下一人。此人明明身材高大，落下時卻頗為輕盈飄逸，宛如鴻雁。他落地站定，一身紅衣隨著山風鼓蕩，面如皓月，目光遠遠地停在沈嘉嘉身上，隨即唇畔牽起一絲笑意。

沈嘉嘉心頭驀地一鬆。幸好啊，不是又變成鳥了……

此人正是謝乘風。

馮甲是極有眼色之人，一路上謝乘風對沈嘉嘉的綿綿情意早就看得他眼疼，這會兒，短暫地震驚之後，他立刻招呼另兩個捕快拖起地上的謝大郎，綁好之後先行下山。

謝乘風極快地走到沈嘉嘉面前，笑道：「別怕，沒事了。」說著，要去牽她的手。

沈嘉嘉一把甩開他，「你怎麼不告訴我你沒事，你知不知道我還以為……」說著說著，眼眶再次濕潤。

謝乘風急忙柔聲說道：「我知道錯了，再也不敢了。」

沈嘉嘉既害怕又委屈，一頭撲進他懷裡，「你知不知道，我都不想活了！」

謝乘風結結實實摟住她，只感覺心軟得一塌糊塗，「我知道，我都知道。當時只是想著盡快引他現身。」

「那怎麼不和我說呢。」

「妳還小呢，怕妳沒心眼，露馬腳。」

沈嘉嘉還挺不服氣，「看不起誰呢，你不過癡長幾歲。」

「我的好娘子，我知道錯了，再也不敢小看妳了。」

「誰是你娘子，好不要臉。」

謝乘風悶笑，胸口傳來震動，「誰說要與我葬在一處，誰就是我娘子。」

沈嘉嘉紅著臉推開他。

謝乘風掏出手帕遞向她，「擦擦臉。這裡風大，仔細被山風皴著。」

沈嘉嘉接過手帕，一邊擦著臉上淚痕，一邊問道：「你何時來的？」

「我一直在妳身邊。」

沈嘉嘉擦臉的動作頓住，眼睛亮晶晶地望著他。原來，那不是夢啊……

謝乘風受不了她這樣的目光，總有股想做點什麼的衝動。他連忙移開視線，「走吧，先下山。」說著，語氣漸漸嚴肅，「我們得盡快回京城。」

在那裡，他的親哥哥，需要受到會審。

一行人馬不停蹄地回到京城，路上謝大郎從未開口說話。謝乘風表面上是一副公事公辦的模樣，內心卻沉甸甸的彷彿有塊巨石壓著。那是他的親哥哥，他此生唯一的手足。可此人卻犯下滔天大案，罪不容誅！倘若說仗著皇室血脈，留他一命，謝乘風只覺對天下人不公，更對不起嘉嘉！可若是真的殺了，謝乘風心內多少有些不忍。那畢竟是他娘的親兒子，已經死過一次了，再死第二次，他娘一定會痛不欲生！

除此之外，謝乘風每每面對這位哥哥，心裡會湧起一絲難言的愧疚。倘若當年石五娘偷走的不是哥哥，而是他……

不管謝乘風內心如何糾結，此案之大，已經遠不是他能過問的了。他與沈嘉嘉將人押至府衙，交上沈嘉嘉寫的案情文書，便各自返家了。

這案情曲折離奇，把府尹看得目瞪口呆。他是個官場老狐狸，深知此案若是辦不好，他的官途恐怕就要到頭了，於是連夜上書，試探官家的意思。

官家同樣目瞪口呆。

按理說這樣的窮凶極惡之徒，殺就殺了，他與這外甥素謀未面，不似與乘風那樣的甥舅之情。可信陽長公主是他的親妹妹，他一向疼愛，倘若真就這樣殺了，又難免投鼠忌器。

果然，官家接到奏章的第二天，信陽長公主就進宮求情了。她自覺對長子虧欠太多，此時更不能眼看著他再死一次，在官家面前哭成了淚人。

此案很快在朝廷內外傳開，一時間人人談論，不少大臣上書請求以國法處置，又有一些人悄悄地揣摩上意，建議官家法外開恩。兩方觀點爭執不下，官家更加左右為難。

當京城的販夫走卒都開始談論這件轟動天下的大新聞時，沈嘉嘉突然受到太后召見。

連謝乘風都不知道此事。他最近大部分時間在家陪伴開解母親。沈嘉嘉坐著馬車，由內侍陪伴著進了皇宮。直到站在青石地磚上，望著恢弘的殿宇時，她依舊感到有些不真切。

隨後，內侍引著她入了保慈宮。沈嘉嘉來的倉促，路上內侍只大致提點了一下宮廷禮儀，沈嘉嘉向太后見禮，「民女參見太后。」

太后見她的禮儀生澀，為人卻是不卑不亢，氣度沉穩，於是點了點頭，探究的目光中帶了點讚賞。

太后朝身旁人示意，那內侍揚聲說道：「賜座。」

「謝太后。」

沈嘉嘉坐下後，太后說道：「今日哀家與沈娘子說些家常，你們且退下吧。」

宮婢內侍齊齊告退，室內只剩沈嘉嘉與太后二人。

沈嘉嘉深知今日不可能只是「說家常」那麼簡單。

「乘風那孩子幾次與哀家說起妳，哀家早就想見見妳了。說起來，哀家還要謝謝妳對乘風的救命之恩。」

沈嘉嘉連忙起身：「太后言重了，謝公子於我亦有救命之恩。」

「坐吧，不必那麼拘謹。妳只當我是個尋常的長輩。」

沈嘉嘉又怎會真把她當尋常長輩，恭恭敬敬坐下。

太后隨後又問了她的家鄉、父母、平時都做些什麼等等，果然說了不少家常。沈嘉嘉也不瞞著，老老實實都交代了。太后聽說她時常幫父親辦案，頗不以為然，只是面上不顯。又問她在石門縣的經歷。

關於此案案情，太后只是聽官家簡單轉述過，卻沒料到原來實際過程如此驚險，聽得一陣後怕，連忙念了幾聲佛。

沈嘉嘉言罷，太后稱讚幾句，接著又感嘆道：「放眼朝堂內外，對此案了解之深，非妳莫屬。老婆子今日有個疑問，依妳之見，此案該當如何？」

沈嘉嘉心道，來了！

她自然覺得謝大郎該死。可她也知道，雖說案子是她破的，人是她抓的，但她對此案絕無任何指手畫腳的權利，太后又沒有老糊塗，不可能真的就案件審理問她意見。

沈嘉嘉猜測，太后這樣說的目的，很可能是試探，試探她對謝大郎的態度，試探她有無可能順著皇族的意修改口供。

因為，假如皇族真的想保下謝大郎，改口供是最有效的方法。

沈嘉嘉吸了口氣，一臉為難道：「太后，此案該當如何，自當詢問負責此案的官員們，民女實在無權置喙。」

「無妨，左右無人，只當是閒聊了。」

沈嘉嘉無奈，只好說道：「於公，此人自當該殺。於私，他連續兩次差點害死謝公子，民女覺得此人太過危險，不能留。」沈嘉嘉在太后面前，絲毫不避諱她與謝乘風的關係。

她一下子點中了太后的死穴，那就是謝乘風。是的，這外孫才是她的心頭肉！之所以多次見到女兒哭訴，太后就算動搖了也沒有向官家開口求情，也是因著這一層顧慮。所以對於該怎樣處置謝大郎，她也猶疑不定。

太后嘆了口氣，「妳說的這些，哀家又豈能不知。只是，信陽幾次三番在哀家面前求情……唉。」

「若是為了長公主，此人更不能留了。」

太后大感意外：「這是為何？」

「長公主救子心切，本是一片慈母之心，她現在眼裡只看到謝大郎之死活。太后亦是慈母，不妨試想一下，謝大郎若是死了會怎樣，若是活著，又會怎樣。」

太后目光一動。

倘若大郎死了，信陽短時間內定然悲痛不已，可時間長了，也能走出來，正如二十年前。倘若大郎活下來呢？以大郎殘害兄弟之惡毒，滅人滿門之狠辣，他就算活著，會願意做信陽的好兒子嗎？十之八九不會！要知道，江山易改本性難移，大郎自小遭遇淒慘，定然對父母親人懷恨在心，從根骨上便已經長歪了。他活著，信陽見到他必定時刻念及過往，心懷愧疚，更加縱容，又要時時擔心手足相殘，不得安寧。且乘風那孩子再大度也要心懷芥蒂，時間一久定然母子離心，家宅不寧，這對信陽可有半點好處？

總之，大郎死了還好，倘若活著，信陽只怕會活得更加痛苦！

而且，還要搭上乘風的安危！

所以那個人，到底還有什麼留的必要？

太后想通此節，悠悠呼了口氣，嘆道：「哀家懂了。信陽是為兒女著想，哀家也要為兒女著想啊。」

沈嘉嘉默然不語。

太后仔細打量她，忽然問道：「妳就不怕信陽知道今日妳與我說這些話？」

信陽若是知道了，非但不會領情，只怕還會記恨上。

沈嘉嘉想了想，搖頭道，「不怕。」

少女一臉嚴肅，太后見著頗覺好玩，噗地一笑，因謝大郎之事引起的連日陰鬱，也消散了些。太后覺著，這女孩聰明敏銳，性格方正，只是年紀小小，不夠圓滑。不過，她老婆子成天被人精環繞，這會兒反倒覺得沈嘉嘉另有一種率真可愛。

次日，官家來探望太后，太后摒退左右，與他說起沈嘉嘉來。

「哀家知她想置大郎於死地，不過哀家已經被她說服了。」

官家忍不住感慨，「朕卻是沒想到這一層。」

「不過是當局者迷旁觀者清罷了。」

「娘親以為她可配得乘風？」

「乘風經歷那許多磨難，與這女孩是天定緣分，我們做長輩的所圖無非就是後輩一生平安喜樂，又何必做那個惡人，壞了孩子們的姻緣。」

官家忙點頭，「正是這個道理。」

官家對沈嘉嘉這小姑娘頗有好感，因擔心他親妹懷疑沈嘉嘉對此案推波助瀾，於是並沒有立刻決斷，而是等著朝廷上下又沸沸揚揚的討論了大半個月，這才「逼不得已」下旨，令刑部和大理寺兩個剛正不阿的官員，會同開封府尹一起審理此案。不過兩日便結案，謝大郎被判了絞刑。

案子塵埃落定之後，沈嘉嘉陸續收到了府衙與朝廷的賞賜，以及長公主府的一份厚禮。

長公主府的禮物是謝乘風親自送來的，沈嘉嘉見他神色有些憔悴，便問道：「長公主可還好？」

謝乘風搖頭嘆了口氣，隨後目光有些迷茫。

沈嘉嘉問道：「你覺得你兄長不該死？」

「不是，他殺了那麼多人，自然死不足惜。我只是偶爾會想，倘若當初被抓走的是我……」

「乘風。」沈嘉嘉握住他的手，引得後者心口一跳，忍不住回握住她。沈嘉嘉說，「你還記得前年有個紈綺子弟仗勢欺人，在青樓打死一個書生，鬧得滿城風雨那事嗎？」

「記得，那人我認識。」

「那紈綺子弟自小錦衣玉食長大，又有誰虐待他、凌辱他？卻也是惡非善，不過爭風吃醋幾句，說殺人便殺人。可見人之天性各異，不同的人身處同樣的環境，其結果也不盡相同。你天性純善，倘若是你遭遇謝大郎那樣的事情，只怕會成為一個小可憐，不知道躲在哪個角落裡，等著我去解救呢。」

謝乘風堂堂七尺男兒被形容成一個小可憐，一時間哭笑不得，他把她的雙手背住，站在她身後單手握著，空出一手去彈她的耳垂，「促狹鬼，妳說誰是小可憐。」

沈嘉嘉被彈得禁不住一抖，「哎呦，我是，我是小可憐還不行？」

「嘖嘖嘖，小可憐，妳有句話說的沒錯，我等著妳解救我呢。」

長公主的悲傷持續了差不多一個月，一個月後，每每長公主行走在宮中，太后總是「恰好」在召見命婦，命婦身邊也總是「恰好」帶著個家中的奶娃娃，奶娃娃雪團兒般的漂亮惹人疼，太后總是適時地給長公主畫餅。

「乘風也大了，成親不過是這一、兩年的事，等他成親了，妳就是做祖母的人了，到時候孫子、孫女一大堆，有妳頭疼的。」

長公主於是心馳神往了。她實在很需要擁有這種「頭疼」，尤其是長子第二次死亡之後。

於是長公主重新煥發生機開始張羅兒子的婚事，又是請媒人、又是合八字、又是看吉日、又是下聘禮……

沈家也要做許多準備。沈嘉嘉要自己做嫁衣，沈捕快與朱娘子則要為她準備嫁妝。因著破了這麼個驚天大案，沈嘉嘉得了不少賞賜與謝禮，加上沈捕快夫婦這些年積累的，若是嫁給普通富戶，倒也綽綽有餘，只是比起長公主府的門第，這點嫁妝就顯得單薄了。

沈捕快正有些發愁呢，女兒還給他添亂，非要拿出一部分賞賜，在府衙旁邊買了個大院子給他們夫婦倆。

「妳這孩子！這嫁妝都不夠呢，妳還要花？我與妳娘住得好好的，要什麼大院子。」

沈嘉嘉卻振振有詞：「買也是不夠，不買也是不夠，既然如此，不如買了，至少你和娘親能住的舒心，我也就放心了。」

沈捕快嘆氣道：「妳的孝心我又豈能不知，只是嫁妝太少，到婆家難免被人看輕，我與妳娘只有妳一個孩子，捧在手心上長大的，又怎能看妳受氣。」

「爹、娘，你們放心好啦，我若是過得不如意，就和離，仍回衙門斷案。天下之大，就算京城容不下我，我還可以去別處。以我的聰明才智，到哪裡吃不開？才不會受他們的氣。」

朱娘子唬得連忙打斷她，「淨胡說，和離是鬧著玩的？」

沈捕快卻是相信，他女兒真的能幹出這種事。

這樣的姑娘，與別家女兒都不一樣，沈捕快既覺得自家愛女有些離經叛道，似有不妥，可又忍不住地隱隱為這樣的女兒感到驕傲。

沈嘉嘉做嫁衣之餘，還能時常去衙門行走，這個時候，謝乘風十有八九會跟在她身邊，兩人聯手，破了不少案子，漸漸地在京城有了名氣。太后聽說了，覺得有些胡鬧，暗示了信陽長公主幾次，奈何長公主滿腦子都是抱孫子的事，並不想在未來兒媳面前立規矩。太后只能自我寬慰，這世上哪有事事如意的道理。

在準備了半年之後，他們終於要成婚了。

這場婚事之盛大，直到幾年後還被人津津樂道。不過沈嘉嘉對此並無印象，她唯一的感覺就是——累，脖子要斷了。

頂著幾斤重的鳳冠被人擺弄來擺弄去，忙活一天，她覺得自己還能喘氣都是個天將神蹟。

所以一進喜房，她便催促喜婆，「麻煩妳叫新郎倌快點過來。」

喜婆掩嘴打趣道：「哎呀，頭次見到這樣猴兒急的新娘。」於是笑著退出去，找到謝乘風，將他拉到角落笑眯眯地低聲說道一番。

謝乘風本在應付賓客，聽到這話，也不管賓客了，一溜煙跑向後院。

他風風火火地進門，挑了蓋頭便把其他人都轟出喜房，轉身笑看著沈嘉嘉，「嘉嘉，妳今日真美。」

沈嘉嘉往日也美，只是往日之美如一捧清泓，沁人心脾。今日之美有如霞光萬丈，明豔動人，光彩奪目。

「你今日也俊，」沈嘉嘉目光中也閃過一絲驚豔，隨即說道，「來，快幫我把這個摘了。」

謝乘風連忙上前，幫她把鳳冠脫掉，放在一旁，一邊溫聲問道：「累？」

「嗯。」

他將她拉進懷裡，一手幫她揉按著後頸。

沈嘉嘉臉貼在他的胸前，聽著他心房跳動的聲音，好像有些快。

半晌，謝乘風突然笑道：「嘉嘉，我終於娶到妳了。」

「唔。」沈嘉嘉享受著他的按摩，無聊地玩弄他胸前垂下的一縷髮絲。

謝乘風又道：「嘉嘉，有個問題我一直想問。妳為何願意嫁給我？」

沈嘉嘉有些奇怪：「我為什麼不嫁給你？」

「這個回答我不滿意。」謝乘風說著，似乎擔心什麼，又補充道，「而且我也不想聽到以身相許、年齡到了該許人家了之類的回答。」

沈嘉嘉握著他的髮絲沉思。他幾次三番在她面前大膽直白地表露愛意，她好像，似乎，確實沒有向他表明過心意？

她悠悠嘆了口氣，問道：「你想聽實話嗎？」

謝乘風心口一跳，攬著她的手臂不自覺地緊了緊，「想，我想聽實話。」語氣中帶著一絲忐忑。

「你是我見過的最好看的人。」

「只有這？」有些失望。

「也是我遇到過的最溫柔的人。」

「嘉嘉……」突然感動。

「也是最懂我的人。」沈嘉嘉說到這裡，呵地一笑，「我又有什麼理由不為你神魂顛倒。」

「嘉嘉。」謝乘風又喚了她一聲，聲音變得低沉暗啞。

沈嘉嘉平生第一次說這種露骨的話，此刻心跳加快，不敢看他，小聲問道：「這個回答你喜歡嗎？」

「喜歡，特別喜歡。」謝乘風低頭，輕輕嗅著她的氣息，按揉她後頸的手也放輕了動作，改為緩慢地摩挲。

「嘉嘉，我今晚也會讓妳滿意的。」

「……」

——全文完——

高寶書版集團
gobooks.com.tw

YE 001
你好，鸚鵡夫君

作　　者　酒小七
責任編輯　吳培禎
封面設計　陳語萱
內頁排版　賴姵均
企　　劃　何嘉雯

發 行 人　朱凱蕾
出　　版　英屬維京群島商高寶國際有限公司台灣分公司
　　　　　Global Group Holdings, Ltd.
地　　址　台北市內湖區洲子街88號3樓
網　　址　gobooks.com.tw
電　　話　(02) 27992788
電　　郵　readers@gobooks.com.tw（讀者服務部）
傳　　真　出版部(02) 27990909　行銷部 (02) 27993088
郵政劃撥　19394552
戶　　名　英屬維京群島商高寶國際有限公司台灣分公司
發　　行　英屬維京群島商高寶國際有限公司台灣分公司
初　　版　2021年 11 月

國家圖書館出版品預行編目(CIP)資料

你好,鸚鵡夫君/酒小七著. -- 初版. -- 臺北市：英屬維京群島商高寶國際有限公司臺灣分公司, 2021.11
冊；　公分. --

ISBN 978-986-506-280-4(平裝). --

857.7　　　110017848